폭풍의 언덕

2

일러두기

- 이 책은 Emily Brontë, 『*Wuthering Heights*』(Project Gutenberg, 1996)를 참고했습니다.

큰글자 세계문학컬렉션
29

폭풍의 언덕 2

에밀리 브론테 지음 | 진형준 편역

살림

폭풍의 언덕 2 **차례**

 폭풍의 언덕 1 **차례**

제
2
권

제15장

다시 일주일이 흘렀다. 시간이 흐를수록 내 건강은 좋아지고 봄이 가까워지고 있다. 그동안 딘 부인이 짬짬이 이야기를 들려주어 나는 내 이웃의 내력을 거의 다 알게 되었다. 하지만 나는 여전히 딘 부인의 입을 빌려 그 이야기를 여러분에게 들려줄 작정이다. 단지 그녀의 이야기를 조금 압축했을 뿐이다.

'폭풍의 언덕'에 다녀온 다음 날부터, 히스클리프가 그레인지 근처를 어슬렁거리고 있다는 것을 저는 알았어요. 안 봐도 뻔한 일이었지요.

제가 돌아온 지 나흘째 되는 날이었어요. 모두 교회에 가고 집에는 아무도 없었어요. 하인 한 명이 집을 지키려고 남아 있었지만 저는 안주인이 오렌지를 드시고 싶다고 하시니 얼른 읍내에 가서 사오라고 심부름을 보낸 후 히스클리프의 편지를 주머니에 넣은 채 위층으로 올라갔어요.

캐서린 마님은 여느 때처럼 헐렁한 흰옷을 입은 채 숄을 어깨에 걸치고 창가에 앉아 있었어요. 하지만 그날은 유난히 차분했어요. 마님이 차분할 때면 천상의 아름다움이 깃들어 있는 것 같았지요. 번뜩이던 눈빛은 어디로 갔는지 우수에 찬 부드러움이 눈가에 흐르고 있고 저 너머 어딘가를 응시하는 것 같았어요. 분명히 병에서 많이 회복되었는데도 무언가 이 세상을 다 산 사람 같은 분위기를 풍겼다고나 할까요.

제가 캐서린 마님을 보고 말했어요.

"마님, 마님 앞으로 편지가 한 통 왔어요."

하지만 그녀는 고개를 돌리지도 않고 "그래?"라고 짧게 말했을 뿐이었어요.

제가 재차 말했어요.

"제가 읽어드릴까요? 히스클리프가 보낸 편지예요."

그녀는 흠칫 놀랐어요. 그런 후, 뭔가 힘들게 기억을 더듬거나 생각을 정리하려는 것같이 보였어요. 저는 편지를 그녀의 무릎 위에 올려놓았어요. 캐서린 마님은 흘낏 편지를 보더니 한숨을 내쉬었어요. 하지만 편지 내용을 읽어보지는 않고 히스클리프의 서명만 얼핏 본 것 같더군요. 그래서 제가 말했어요.

"마님, 그 사람이 마님을 만나고 싶대요. 지금 정원에 와 있는데 마님의 답을 기다리고 있답니다."

그녀의 답을 기다릴 필요도 없었어요. 현관문 열리는 소리가 들린 거예요. 틀림없이 히스클리프였어요. 저를 믿지 못하겠다고 생각했는지 대담하게 용기를 낸 거지요. 캐서린 마님은 긴장한 모습으로 방문 쪽을 바라보고 있었어요. 잠시 후 그가 방으로 들어오더니 몇 걸음 만에 마님 옆으로 와서 그녀를 품에 안았어요.

히스클리프는 아무 말 없이 거의 5분 정도 그녀를 껴안은 팔을 풀지 않았어요. 그사이 둘은 열렬히 키스했어요. 아마 그가 평생 했던 키스보다 더 많이 했을 거예요. 하지만 먼저 키스를 했던 건 분명 캐서린 마님이었어요.

저는 히스클리프가 감히 캐서린 마님의 얼굴을 똑바로 바라보지 못한다는 것을 또렷이 알 수 있었어요. 너무 고통스러웠던 거지요. 그녀의 얼굴을 보자마자 회복될 가망이 없다는 것, 그녀가 곧 죽으리라는 것을 확실히 알 수 있었던 거예요.

그가 그녀에게 말했어요.

"오, 캐시! 오, 내 생명! 나는 어떡하라고!"

그가 입 밖에 낸 첫마디였고 굳이 절망감을 감추지 않는 말투였어요. 그러면서 그는 캐서린 마님을 뚫어져라 바라보았어요. 저는 그 눈에 당연히 눈물이 맺혔으리라고 생각했어요. 그만큼 강렬한 시선이었어요. 하지만 그 눈은 고통으로 타오르고 있을 뿐 눈물은 흘리지 않았어요. 캐서린 마님이 소파에 몸을 묻으면서 말했어요. 그녀의 기분은 수시로 방향이 바뀌는 풍향계 같았어요.

"뭐라고? 히스클리프, 당신과 에드거가 내 마음을 찢어놓았잖아! 당신이 나를 죽였잖아! 그 덕에 성공했잖아! 내가 죽은 후에 얼마나 더 살려고 그래? 나를 잊을 거야? 내가 땅에 묻힌 후 당신은 행복할 것 같아?"

히스클리프가 소리를 질렀어요.

"그런 식으로 나를 괴롭히지 마! 내가 당신처럼 미치는 꼴을 보고 싶은 거야? 죽어가면서 겨우 내게 그런 소리를 하는 거야? 악마에게 홀렸어? 당신이 하는 말들이 내 영혼에 새겨져 영원히 나를 갉아먹으리라는 걸 모르는 거야?"

캐서린 마님이 조금 가라앉은 목소리로 말했지요.

제15장

11

"나는 고이 잠들지 못할 거야. 하지만 당신도 나만큼 고통 받으라고 하는 소리가 아니야. 나는 우리가 영원히 헤어지지 않기만을 바랄 뿐이야. 내가 해준 말이 당신 기억에 남아 당신을 괴롭게 한다면 땅에 묻힌 나도 똑같이 괴로워한다고 생각해줘. 나를 정말 사랑한다면 나를 용서해줘."

그녀는 히스클리프의 목을 끌어안고 자기 뺨을 그의 뺨에 갖다 댔어요. 그러자 그가 그녀를 격렬하게 껴안으면서 격노한 음성으로 말했어요.

"당신 정말 잔인했어! 왜 나를 경멸했던 거야? 왜 당신 마음을 배신한 거야? 모두 당신이 자초한 일이야! 당신이 당신을 죽인 거야! 그래, 눈물을 흘리든지, 나를 껴안든지 마음대로 해. 그 모든 게 다 당신을 죽이고 있으니까! 캐시, 당신은 나를 사랑했잖아! 대체 무슨 권리로 나를 떠난 거야? 무슨 권리로! 그 형편없는 린턴에게 알량한 사랑을 느꼈던 거야? 하나님도 사탄도 우리를 떼어놓을 수 없었는데, 그런데 당신이 당신 손으로 그걸 한 거야. 우리를 떼어놓은 거야! 나는 당신 가슴을 찢어놓지 않았어! 당신 스스로 당신 가슴을 찢어놓은 거야. 당신 가슴을 찢으면서 내 가슴도 찢어놓은 거야!"

캐서린 마님이 흐느끼며 말했어요.

"오오, 제발 그만해! 내가 잘못했어. 그래서 이렇게 죽어가고 있잖아. 그러니 나를 용서해줘. 당신도 나를 떠났잖아. 당신을 용서해줄 테니 나도 용서해줘."

"오오, 캐시. 당신의 그 죽어가는 눈을 바라보면서, 당신의 그 야윈 손을 만지면서 나는 결코 당신을 용서할 수 없어. 나는 당신이 내게 한 짓은 다 용서할 수 있어. 하지만 당신이 당신에게 한 짓은 용서할 수 없어. 나는 나를 죽인 사람은 사랑할 수 있어! 하지만 당신을 죽인 사람은! 그걸 어떻게 용서할 수 있단 말이야!"

둘은 한동안 말없이 얼굴을 맞대고 상대방의 눈물로 얼굴을 적시고 있었어요. 아무리 히스클리프라도 이럴 때는 눈물을 보이는구나, 라고 저는 생각했어요.

하지만 저는 점점 불안해지기 시작했어요. 순식간에 오후가 지나갔고 제가 심부름 보냈던 하인도 돌아왔거든요. 저 멀리 비치는 노을빛 덕분에 기머턴 교회 밖으로 나오는 사람들 모습이 보였어요. 저는 그들에게 경고하는 마음으로 크게 말했어요.

"예배가 끝났어요. 반 시간도 되기 전에 에드거 주인님이 오실 거예요."

히스클리프는 뭔가 욕설을 중얼거리듯 내뱉고는 마님을 더 꼭 껴안았고 마님은 꼼짝도 않고 있었어요.

얼마 후 하인들이 주방을 향한 길을 따라 올라오는 게 보였어요. 에드거 주인님이 얼마 뒤떨어지지 않은 채 걸어오고 있었고요. 주인님은 손수 대문을 열고 천천히 위로 올라왔어요. 부드럽고 감미로운 오후 끝자락 날씨를 천천히 음미하는 것 같았어요. 그 모습을 보고 저는 소리를 쳤어요.

"어머, 주인님이야. 제발, 빨리 내려가!"

히스클리프는 몸을 일으키면서 마님의 품에서 빠져나오려 했어요.

"가야 해. 당신이 잠들기 전에 다시 올게."

그러자 마님이 외쳤어요.

"안 돼, 가지 마! 절대 안 돼!"

그녀는 숨을 헐떡이며 그에게 매달렸어요. 그녀의 얼굴에는 마치 광기에 가까운 그 어떤 결연함이 서려 있었어요.

"오오, 가지 마! 이게 마지막이야. 에드거도 아무 짓 안 할 거야. 히스클리프, 나는 죽어! 나는 죽는단 말이야!"

일어나려던 히스클리프가 그대로 주저앉으며 소리쳤어요.

"그래, 나 안 가! 나를 죽이려면 죽이라고 해! 내 입으로 축복하며 죽어줄 테니!"

그들은 다시 포옹했어요. 주인 나리가 계단을 올라오는 소리가 들렸지요. 내 이마에 식은땀이 흘렀어요. 너무 무서웠지요. 순간 히스클리프를 껴안고 있던 캐서린 마님의 팔이 힘없이 풀어지면서 머리가 앞으로 숙여지는 것을 보고 저는 내심 안심을 했어요. 저는 속으로 생각했어요.

‘그래, 마님은 기절했거나 죽은 거야. 차라리 잘된 거지. 살아서 주위 사람들에게 짐이 되느니, 모두에게 불행을 가져다주느니 차라리 그게 나아.’

방으로 들어온 주인님은 히스클리프를 보는 순간 분노와 놀라움에 사로잡혀 이 불청객에게 달려들었어요. 그때 히스클리프가 죽은 듯 늘어져 있는 마님의 몸뚱이를 그에게 안기는 바람에 엉겹결에 제자리에 서버릴 수밖에 없었어요.

주인님에게 히스클리프가 말했어요.

“이봐, 당신이 악마가 아니라면 우선 그녀부터 돌봐! 내게 할 말이 있으면 나중에 해!”

히스클리프는 방에서 나가더니 응접실로 가서 떡하니 자리를 잡고 앉았어요. 주인님이 저를 부르더군요. 저와 주인님은 온갖 애를 다 써서 캐서린 마님의 정신이 돌아오게 하는 데 성공했어요. 하지만 여전히 넋이 나가 있는 것 같았어요. 한숨만 내쉬며 신음만 내뱉을 뿐 아무도 알아보지 못했어요. 주인님은 마님 걱정에 자기 아내의 그 가증스러운 친구는 까맣게 잊고 있는 것 같았어요. 하지만 저는 그가 신경이 쓰였어요.

저는 기회를 보다가 그에게 가서 마님의 상태가 좋아졌으니 제발 돌아가달라고, 아침에 그녀의 상태가 어떤지 알려주겠다고 말했어요.

그가 말했어요.

"집에서는 나가지. 하지만 마당에 있을 거야. 넬리, 내일 약속 꼭 지켜야 해. 나는 저 낙엽송 아래 있을 거야. 약속 꼭 지켜야 돼. 안 그러면 린턴이 있건 없건 집 안으로 들어올 거야."

제16장

그날 밤 자정 무렵 스러시크로스 그레인지에서 아이가 하나 태어났어요. 록우드 씨가 '폭풍의 언덕'에서 보신 히스클리프의 며느리, 캐서린이에요. 너무 허약한 칠삭둥이였어요. 아이가 태어난 지 두 시간 만에 산모는 세상을 떴어요. 곁에 누가 있는지 알아보지도 못한 채 의식불명의 상태에서 그대로 눈을 감은 거지요. 주인님이 얼마나 슬퍼하셨는지, 차마 옆에서 눈 뜨고 볼 수 없을 정도였어요.

제 생각이지만요, 주인님의 재산을 상속할 아들 하나 없이 홀아비가 된 것도 주인님을 더 슬프게 했을 거예요. 돌아가신 린턴 어르신이, 주인님의 재산을 자신의 딸, 즉 이사벨라 린턴이 물려받도록 유언을 해놓으셨거든요. 저는 속으로 돌아가신 린턴 어르신을 원망했어요.

이튿날 아침 날씨는 화창했어요. 아침 햇살이 덧창 사이로 부드럽게 스며들어 침대에 누워 있는 사람을 부드러운 빛으로 덮어주고 있었어요. 에드거 주인님은 베개에 얼굴을 묻고 눈을 감고 계셨어요. 마치 곁에 있는 마님처럼 조용히 돌아가신 것 같았어요.

저는 마님을 바라보았어요. 마치 영원한 평온을 얻은 듯 고요한 모습이었어요. 마치 천사처럼 아름다웠어요. 저는 저도 모르게 '마님의 영혼이 저 높은 곳 하나님과 함께하겠구나'라고 생각했어요. 참, 이상한 일이지요? 살아 있을 때 주변 사람들을 그토록 괴롭게 했던 사람의 영혼이 그 평화로운 안식처에 가 있다는 생각이 들었으니 말이에요. 과연 조물주의 뜻은 어떤 걸까요?

주인님이 잠이 든 것 같아서 저는 밖으로 나왔어요. 히스클리프를 만나기 위해서였지요. 그를 만나 마님이 죽었다는 소식을 전하는 게 무섭기도 했지만 얼른 무거운 짐을 치워버리고 싶었어요.

그는 그곳에 있었어요. 정원 물푸레나무 아래, 모자도 쓰지 않은 채, 이슬에 머리가 젖어 그곳에 서 있었어요. 그가 고개를 들더니 제게 말했어요.

"그녀는 죽었어. 그걸 알려고 너를 기다린 게 아니야. 내 앞에서 울지 마. 그녀에게는 네 눈물이 필요하지 않아."

그는 집 안에 등불이 왔다갔다 하면서 소란이 이는 것을 보고 무슨 일이 일어났는지 알고 있었던 것 같았어요.

그는 한참 만에 입을 열었어요.

"어떻게 죽었는지 똑바로 말해줘."

그는 똑바로 서 있지 못하고 나무에 몸을 기대더군요. 자기도 모르게 손끝을 덜덜 떨고 있었고요. 저는 속으로 '그렇게 강한 척하더니 너도 결국 심장이 뛰는 인간이었구나!'라고 생각했어요.

제가 그에게 대답했어요.

"한번도 의식이 돌아오지 않은 채 양처럼 평온히 잠들었어. 저 다른 나라에서 행복하게 잠에서 깨어날 거야."

그가 소리를 질렀어요. 발을 쾅쾅 구르기도 하는 게 억누르기 힘든 분노가 폭발한 것 같았어요.

"그래, 나에게 말 한 마디 남기지 않고 떠났단 말이지! 제발, 고통 속에서 깨어나기를! 그녀가 어디서 깨어난다고? 천국에서? 아냐, 그녀가 있을 곳은 거기가 아니야! 그녀는 떠나지 않았어. 캐시, 너는 지금 어디 있는 거야? 나는 기도할 거야! 내가 살아 있는 한 네가 안식을 취하지 못하게 해달라고! 내가 너를 죽였다고 했지? 그렇다면 내 앞에 나타나봐. 죽은 자는 자기를 죽인 자 앞에 나타나잖아! 언제나 내 곁에 있어줘. 유령이라도 좋아. 어떤 식으로건 내 앞에 나타나서 나를 미치게 만들어줘. 네가 내 곁을 떠나지만 않는다면 아무래도 좋아. 오오, 네가 내 곁을 떠나? 그건 안 돼! 내 목숨이 나를 떠나? 내가 어떻게 살아갈 수 있어? 내 영혼이 내 곁에 없는데 내가 어떻게 살아갈 수 있어!"

히스클리프는 나무줄기에 머리를 찧었어요. 하늘을 우러러 울부짖는 게 사람이 아니라 창칼에 상처를 입은 야수 같았어요. 저는 겁에 질려 그를 달랠 수도 없었고 위로할 수도 없었어요. 그가 저를 보고 꺼지라고 고함을 질러서 저는 그대로 물러날 수밖에 없었어요.

캐서린 마님의 장례식은 그녀가 죽은 그 주의 금요일로 정해졌어요. 그때까지 관은 덮이지 않은 채 거실에 안치돼 놓여 있었어요. 주인님은 밤이고 낮이고 관 옆을 지켰고 히스클리프는 매일 밤 같은 곳에서 단 한순간도 쉬지 않은 채 안을 엿보고 있

있었어요. 저는 히스클리프가 얼마나 안으로 들어오고 싶어하는지 알고 있었어요.

화요일, 날이 어둑해지고 주인님이 피곤을 못 이겨 잠시 쉬러 간 사이 저는 거실 창문을 하나 열어두고 거실에서 나왔어요. 히스클리프의 정성에 감동해서 그가 고인과 마지막 인사를 나눌 기회를 주기 위해 자리를 비운 거지요.

히스클리프가 그 기회를 놓칠 리 없었지요. 그러나 어찌나 조심스레 다녀갔는지 아무 소리도 내지 않고 아무 흔적도 남기지 않았답니다. 시신 얼굴을 가려놓았던 천이 약간 헝클어지고 은실로 동여맨 밝은색의 머리카락이 바닥에 떨어져 있는 것을 보지 못했더라면 그가 왔다 간 것도 모를 지경이었답니다. 자세히 보니 캐서린 마님이 목에 걸고 있던 동그란 함에 든 머리카락이었어요. 히스클리프가 그것을 열고 안에 들어 있던 것을 꺼내어 버린 다음 자신의 머리카락 뭉치를 그 안에 넣은 것이었어요. 저는 그 둘을 한데 엮어서 그 함에 집어넣었어요.

언쇼 나리는 당연히 동생 장례식에 초대를 받았지요. 하지만 못 온다는 전갈도 없이 참석하지 않았어요. 이사벨라 아가씨는 초대받지 못했고요.

마을 사람들은 캐서린 마님이 묻힌 곳을 보고 모두 깜짝 놀랐어요. 교회 안, 린턴 가문의 묘비 아래도 아니었고 교회 밖 친정집 가문 묘소도 아니었기 때문이지요. 그녀는 교회 묘지 한쪽 구석 푸른 비탈길에 묻혔답니다. 주인님이 그렇게 조치한 거예요. 담이 아주 낮아서 히스와 작은 관목들, 토탄이 담이 안 보일 정도까지 덮고 있었어요. 미리 말씀드리지만 에드거 주인님도 나중에 같은 곳에 묻혔답니다. 소박한 비석과 회색 돌들이 없었다면 그곳에 무덤이 있는지 알 수 없는 곳이었지요.

제17장

한 달간 지속되던 맑은 날씨는 장례식
이 있던 금요일로 끝이 났습니다. 그날 저녁부터 북동풍이 불
어오더니 비가 내렸고 나중에는 진눈깨비로, 이어서 눈으로 바
뀌었습니다. 어제까지 화창한 여름이었다는 게 믿기지 않을 정
도였지요.

다음 날 아침은 정말 음산했어요. 아름답던 꽃들은 눈 속에
파묻혔고 종달새는 어디론가 자취를 감추었으며 어린 나뭇잎
들은 찬바람에 금세 검게 변해버렸어요. 주인님은 방에서 나오
지 않았고 저는 혼자 응접실에서 아기를 보고 있었어요.

그때였어요. 잠가두지 않았던 문이 활짝 열리더니 누가 숨을
몰아쉰 채 깔깔거리며 집 안으로 들어서는 게 아니겠어요?

저는 하녀 한 명이 뛰어들어온 줄 알고 소리를 질렀어요.

"무슨 짓이야! 여기가 어딘 줄 알고 그렇게 깔깔거리는 거야. 주인님이 아시면 경을 치실 거다."

그러자 침입자가 말했어요.

"미안, 하지만 에드거 오빠는 자고 있을 거야. 도저히 웃음을 못 참겠어."

그녀가 벽난로 옆으로 오자 비로소 얼굴을 알아볼 수 있었어요. 이사벨라 아가씨였어요.

아가씨가 말했어요.

"'폭풍의 언덕'에서부터 계속 뛰어왔어. 도중에 수도 없이 넘어졌어. 숨 좀 돌린 다음 다 설명해줄게. 그 전에 나 갈아입을 옷 좀 주고, 마부에게 나를 기머턴까지 태워다달라고 말해줘."

아가씨, 그러니까 히스클리프 부인의 모습을 보니 그렇게 웃고 있을 형편이 절대로 아니었어요. 평상복 차림에 반소매 원피스만 입고 모자도 안 쓰고 숄도 걸치지 않았어요. 온통 젖은 원피스는 몸에 달라붙었고 얇은 실내화를 신고 있었어요. 게다가 한쪽 귀밑에 깊은 상처가 나 있어 피가 엉겨 붙어 있었고 얼굴에는 온통 긁힌 자국에 멍투성이였어요.

저는 아가씨께 그런 몸으로는 기머턴에 갈 수 없다고 말했지만 그녀가 하도 우기는 바람에 옷을 준비하고 마부에게 마차를 준비하라고 일렀어요.

그런 후 응접실로 돌아오니 그녀는 벽난로 옆 소파에 앉아 차를 마시며 이야기를 시작했어요.

"넬리, 이리 와서 앉아. 그리고 캐서린 언니 애는 제발 저리 치워줘! 꼴도 보기 싫으니까. 그렇다고 내가 캐서린 언니 생각을 조금도 안 한다고 생각하면 안 돼. 우린 화해도 못 하고 헤어졌어. 나도 내가 용서가 안 돼. 아아. 그 짐승 같은 자식! 그 자식은 에드거 오빠를 괴롭히기 위해서라도 나를 찾아올 놈이야! 그자의 타락한 머리에 그런 생각이 떠오르지 않게 하기 위해서라도 내가 여기 있으면 안 돼. 게다가 오빠가 나를 환영해 줄 리도 없잖아. 오빠 도움을 받으려고 여기 온 게 아냐. 지금 당장은 아무런 도리가 없어서 왔을 뿐이야."

저는 그녀의 종잡을 수 없는 말을 가로막고 말했어요.

"그렇게 숨넘어갈 것처럼 말하지 말아요. 차도 마시면서 천천히 말해요. 그렇게 웃지도 말고요. 지금 다 슬픔에 잠겨 있는데 그렇게 웃다니 가당치도 않아요."

저는 종을 울려서 하녀에게 계속 우는 아이를 맡겼어요. 그러고는 도대체 무슨 일이 있었기에 그 꼴로 여기 오게 되었는

제17장

지, 이곳에 머물지 않겠다고 하니 어디로 갈 작정인지 찬찬히 이야기해보라고 했어요.

그러자 그녀가 말했어요.

"물론 내가 있어야 할 곳은 여기야. 하지만 그러면 그자가 가만히 안 있을 거야. 내가 편히 지내는 꼴을 두고 보지 못할 거야. 이제 그가 나를 얼마나 싫어하는지 충분히 알았어. 내가 근처에만 가도 얼굴이 일그러지거든. 하지만 내가 그자 눈에 띄지만 않는다면 나를 찾으려고 온 영국 천지를 뒤지고 다니지는 않을 거야. 그러니 아예 그자로부터 멀리 가버려야 해. 괴물 같은 자식! 그런 자에게 내 마음을 주다니! 그놈은 이런 내 마음을 붙잡아서 짓이겨버리더니 아예 죽여버렸어."

그 말을 하면서 이사벨라 아가씨는 눈물을 흘렸어요. 하지만 곧바로 눈물을 닦더니 이야기를 계속했어요.

"넬리, 내가 왜 이 꼴로 도망쳤느냐고 물었지? 그럴 수밖에 없었기 때문이야. 실은 내가 성공한 거야. 그자의 분노를 폭발시켜서 평상시의 조심성을 잃어버리게 만들었어. 그자를 화내게 할 수 있다는 게 너무 기뻤고 그래서 내 생존 본능이 깨어난 거야. 어제, 넬리도 알다시피 힌들리 언쇼 씨가 장례식장에 가기로 되어 있었잖아. 그런데 언쇼 씨는 새벽 6시까지 술을 마</p>

시고 인사불성으로 잠자리에 들었다가 술이 덜 깬 상태로 정오쯤 일어났어. 우울했겠지. 벽난로 앞에 죽치고 앉아 진인지 브랜디인지 큰 잔으로 술을 계속 들이켰어. 나는 어제저녁 큰 방 내 자리에 앉아서 책을 읽고 있었어. 잠시 책에서 눈을 떼기만 해도 공동묘지의 음산한 광경이 머리에 떠올라, 막무가내로 책에 몰두해 있었지. 언쇼 씨는 내 맞은편 자리에서 머리를 두 손으로 감싼 채 아무 말 없이 앉아 있었어. 두 시간 전부터는 술도 입에 대지 않고 있었던 거야. 들리는 거라고는 창문을 흔들어대는 바람 소리뿐이었지. 헤어턴과 조셉은 깊이 잠들어 있는 게 분명했어. 정말 너무너무 슬픈 밤이었어. 그런데 주방 쪽으로 나 있는 문의 빗장 소리가 나면서 그 정적이 깨졌어. 매일 스러시크로스 그레인지에 가서 밤을 지새우던 히스클리프가 일찍 돌아온 거야. 갑자기 몰아닥친 폭풍우를 견디기 힘들었나 보지. 그런데 그 문은 잠겨 있었어. 그자가 다른 문으로 들어오려고 마당을 돌아가는 소리가 들렸어. 그러자 문을 뚫어지게 바라보던 언쇼 씨가 갑자기 고개를 돌리더니 나를 바라보았어. 그러더니 내게 '놈을 밖에 5분만 세워둬야겠소! 어떻소, 반대하지 않겠지?'라고 소리치는 거야. 내가 얼른 '그럼요, 밤새도록 세워놔도 돼요. 원한다면 얼마든지 마음대로 하세요' 하고 대

답했지. 그는 일어나서 히스클리프가 들어오려는 문에 빗장을
걸었어. 그러고는 내 눈에서 히스클리프를 향한 증오를 발견하
려는 듯 나를 바라보았어. 그의 모습은 영락없이 살인자의 눈
빛 바로 그것이었어. 그만은 못했지만 내 눈에서도 증오의 낌
새를 읽었나봐. 그가 내게 '당신과 나 둘 다 저 밖에 있는 놈에
게 갚아야 할 빚이 많지. 그렇지만 히스클리프 부인, 당신은 그
냥 가만히 있기만 해도 돼요. 그냥 내가 하는 짓을 보고만 있으
면 돼. 당신도 저 악마 같은 놈이 죽는 꼴을 보면 나처럼 흐뭇
할 거 아니오? 당신이 저자를 먼저 죽이지 않는다면 당신에게
는 죽음만이 기다리고 있겠지. 내겐 파멸만이 있을 뿐이고……
저놈이 벌써 문을 두드리기 시작하는군. 당신이 얌전히 있기
만 하면 몇 분 내로 당신은 해방될 거요'라고 말했어. 그러면서
그는 품에서 권총을 꺼냈어. 내가 전에 편지에 쓴 바로 그 무기
말이야. 밖에서 히스클리프는 내게 문을 열어달라고 고함을 지
르고 있었고 나는 '다른 데 가서 자는 게 좋을걸요. 언쇼 씨가
한 방 날릴 기세인데요'라고 맞받아쳤어. 언쇼 씨는 내가 그놈
에게 자기 계획을 알려주었다고 화를 냈어. 내가 아직 그놈을
사랑한다는 거야. 히스클리프는 계속 고함을 질러대고 있었고
나는 여전히 자리에 앉아 이런 생각을 하고 있었어. 만일 히스

클리프가 언쇼 씨의 불행에 종지부를 찍어준다면 그에게 얼마나 다행일까? 반대로 언쇼 씨가 히스클리프를 그가 마땅히 가야 할 곳, 거긴 지옥밖에 더 있겠어, 거기로 보내준다면 나는 얼마나 행복할까, 이런 생각을 하고 있었던 거야. 내가 이런 생각에 빠져 있는데 내 등 뒤에 있던 창문이 엄청난 소리를 내며 마룻바닥으로 떨어졌어. 히스클리프가 창문에 주먹을 날린 거야. 그는 흉악한 표정의 검은 얼굴을 그리로 들이밀더니 안으로 들어오려고 했어. 하지만 창문틀이 좁아서 양어깨가 걸리는 바람에 들어오지 못했어. 나는 안도감에 웃음을 지었어. 그의 머리와 옷은 흰 눈으로 덮여 있었고 마치 식인종의 것 같은 이빨이 추위와 분노를 드러내며 어둠 속에서 빛나고 있었지. 그가 나를 보고 으르렁거리며 '이사벨라, 나를 들여보내주는 게 좋을걸. 안 그러면 후회할 거야'라고 말했어. 나는 차분히 '살인이 벌어지는 걸 수수방관할 수는 없어요. 언쇼 씨가 총알이 가득 든 총을 들고 문 앞에 지키고 있거든요'라고 대답했지. 그리고 나는 '흥, 당신 사랑도 별거 아니군. 눈 좀 내린다고 그걸 못 참아? 여름에는 우리를 편히 놔두더니 찬바람 좀 불어온다고 집 구석으로 찾아들어! 히스클리프, 내가 당신이었다면 언니 무덤 위에 누워 그대로 잠들었을 거야. 툭하면 내 영혼 어쩌고 하더니 언니도 없는 세상 어찌 살아갈지 모르겠네'라고 하고 싶은 말을 해버렸어. 그때 언쇼 씨가 '그놈 어디 있어. 저 구멍으로 팔을 내밀어 쏘아버려야지!'라고 외치며 창문 쪽을 향해 달려왔어. 하지만 일은 그의 뜻대로 되지 않았어. 히스클리프가 팔을 쭉 뻗더니 언쇼 씨의 손에서 권총을 빼앗아버린 거야. 총알이 허공을 갈랐고 총 끝에 달려 있던 칼이 언쇼 씨의 손목에 박혀버렸어. 히스클리프는 그 칼을 힘으로 잡아 빼더니 피가 뚝뚝 떨어지는 칼을 자기 주머니에 넣었어. 그러고는 돌로 창문틀을 부숴버린 후 안으로 들어왔어. 언쇼 씨는 손목에서 피가 철철 흐르는 채로 통증과 출혈 때문에 그 자리에서 정신을 잃고 쓰러졌어. 히스클리프는 내가 조셉에게 달려가 구원을 청할까봐 한 손으로 내 팔을 잡은 채 언쇼 씨를 발로 짓밟고 머리채를 잡아 바닥에 몇 차례 짓찧었어. 그는 언쇼 씨의 숨을 완전히 끊어놓고 싶은 걸 억지로 참는 것 같았어. 그는 숨을 가쁘게 헐떡이면서 축 늘어진 언쇼 씨의 몸을 소파 위에 눕히더군. 그러고는 언쇼 씨의 셔츠를 찢어서 그의 상처를 거칠게 동여맸어. 그러면서도 좀 전처럼 발길질하면서 욕설을 멈추지 않았어. 나는 겨우 그의 손아귀에서 빠져나와 위층으로 올라가 조셉에게 갔어. 내가 하는 말을 얼핏 알아들은 영감은 '이게 뭔 일이고,

이게 뭔 일이고!' 하면서 허겁지겁 아래로 내려갔어. 그를 보자 히스클리프가 '이 늙다리 개 같으니! 왜 내가 밖에 나가 있는데 문을 잠근 거야! 어서 와서 피나 씻어버려!'라고 소리쳤어. 그리고 그에게 수건을 던져주더니 나를 보고 '참, 너를 잊었군! 너도 엎드려서 피를 닦도록 해. 독사 같은 네년이 저놈과 짜고 나를 없애려 해? 네년에게는 걸레질이 제일 어울려!'라고 말했어. 그는 내 이가 부딪쳐 소리를 낼 정도로 나를 막 흔들어대더니 마룻바닥에 팽개쳤어. 그런데 얼마 후 언쇼 씨가 정신을 차렸어. 히스클리프가 아주 멀쩡한 목소리로 '당신 너무 취했었어. 그런 짓 한 건 눈감아줄 테니 어서 가서 주무시지'라고 말하더군. 그가 실신했을 동안 자기가 한 짓을 모르리라고 확신한 거지. 그러더니 히스클리프는 그 자리를 떠났어. 언쇼 씨는 난로 옆에 그대로 드러누웠고. 오늘 아침 나는 11시경에 아래로 내려왔어. 언쇼 씨는 불편한 몸으로 난로 옆에 앉아 있었고 그의 천적인 히스클리프도 그 못지않게 창백한 얼굴로 난로 벽에 기대앉아 있었어. 둘 다 아침 먹을 생각이 없는 것 같았지만 나는 식사를 안 할 이유가 없었지. 말이 없이 기죽어 있는 두 사람을 보자니 일종의 우월감을 느꼈어. 양심상 거리낄 것도 없었지. 나는 식사를 마친 후 언쇼 씨 옆에 무릎을 굽히고 앉았

어. 언쇼 씨가 물을 좀 달라고 해서 나는 그에게 컵을 건네면서
좀 어떠냐고 물었지. 그가 '차라리 더 아팠으면 좋겠소. 어쨌든
팔을 제외하고는 온몸이 쑤시는 게 무슨 도깨비하고 싸운 것
같아요'라고 대답했어. 나는 눈을 들어 히스클리프를 바라보며
언쇼 씨에게 '당연하지요. 가슴과 어깨도 다쳤지요? 저 사람이
어제 밟고 차고 했으니까요'라고 말했어. 그러자 그는 나와 마
찬가지로 고개를 들어 이글거리는 눈으로 우리 공동의 적을 바
라보았어. 하지만 히스클리프는 제 나름의 고통에 빠져 주변의
아무것도 의식하지 못하는 것 같았어. 언쇼 씨가 큰 소리로 '오,
신이시여, 내 마지막 순간에 저놈의 목을 조를 힘을 주소서! 그
럴 수만 있다면 내 기꺼이 지옥으로 가겠나이다'라고 외쳤어.
내가 큰 소리로 그의 말에 '아니에요! 저자가 당신 집안사람 한
명을 이미 죽였는데 당신까지 그렇게 되면 안 돼요. 히스클리
프만 없었다면 당신 누이는 아직 살아 있으리라는 걸 스러시크
로스 그레인지 사람들은 다 알아요. 그러고 보니 저자에게 사
랑을 받는 것보다는 미움 받는 게 오히려 나은 셈이네요. 우리
는 아직 살아 있으니'라고 대꾸했어. 그러자 놀라운 일이 벌어
졌어. 히스클리프가 눈물을 줄줄 흘리면서 숨이 막히는 듯 한
숨을 몰아쉬는 거야. 증오에 차서 비웃는 내 말이 진실처럼 들

렸나봐. 나는 정말 신이 나서 그자를 정면으로 바라보며 한껏
비웃음을 흘렸어. 그가 내게 '당장 내 눈앞에서 꺼지지 못해!'
라고 소리를 질렀어. 나는 여전히 웃음 띤 얼굴로 빈정거리듯
'미안하지만 안 되겠네요. 나도 캐서린 언니를 사랑했거든. 언
니를 사랑했으니 언니의 친오빠가 도움을 필요로 하는데 나 몰
라라 할 수 없지. 언니는 죽었는데 언쇼 씨에게서 언니 모습이
보이거든. 당신이 이렇게 피멍만 들여놓지 않았어도 그의 눈은
언니 눈이랑 똑같았을 거야'라고 대답했어. 그러자 그가 드디
어 폭발했어. 그가 한 걸음 내게 다가오며 '이 천치 같은 년아!
어서 일어나지 못해! 나한테 밟혀 죽기 전에!'라고 말했어. 나
는 뒤로 한 걸음 물러나며 '흥, 캐서린 언니가 히스클리프라는
가증스러운 이름을 갖게 되었다면 언니도 나랑 똑같은 꼴이 됐
을걸! 언니라면 당신의 그 난폭한 행동을 절대로 참지 않았을
거야! 당신을 증오하며 큰 소리로 대들었을걸!' 하고 악을 썼
어. 그자와 나 사이를 언쇼 씨가 가로막고 있는 셈이었어. 그자
는 더 이상 나에게 다가오지 못하자 탁자 위에 놓여 있던 나이
프를 움켜쥐더니 내 머리를 향해 던졌어. 나이프가 내 귀 아래
박혔지. 나는 나이프를 빼내고는 문 쪽으로 달려가며 계속 악
담을 퍼부었어. 그자에게 내 악담이 나이프보다 더 깊이 박히

길 간절히 바랐어. 내가 마지막으로 본 건 내게 맹렬히 달려드는 그자를 언쇼 씨가 막았고 둘이 한데 엉겨 바닥으로 쓰러지는 장면이었어. 그런 후 이곳으로 곧장 달려온 거야. 거기서 하룻밤을 지내느니 차라리 지옥에서 지내는 게 나아.”

이사벨라 아가씨는 이야기를 마치고 차를 마셨어요. 그러고는 위로 올라가 에드거 주인님과 캐서린 마님의 초상화에 입을 맞춘 후 제게 작별 인사를 하고 밖으로 나갔어요. 제가 한 시간만 더 있다 가라고 해도 듣지 않았지요.

이제 좀 간략하게 줄여서 말씀드릴게요. 그렇게 도망가듯 쫓겨난 이사벨라 아가씨는 그 후로 두 번 다시 이곳으로 오지 않았어요. 저랑 가끔 편지를 주고받았을 뿐이에요. 아가씨는 런던에서 가까운 남쪽에 자리를 잡았던 것 같아요. 그런데 참, 세상일이란! 아가씨는 도피 생활 몇 달 만에 아들을 낳았어요. 그리고 아들 이름을 린턴이라 지었어요. 즉 린턴 히스클리프가 세상에 나온 거지요. 아가씨의 편지에 따르면 병치레가 잦고 투정을 잘 부리는 아이였대요.

저는 히스클리프에게 이사벨라 아가씨의 소식에 대해서는 함구했어요. 하지만 그는 하인들을 통해 그녀가 사는 곳도 알아냈고 아들을 낳았다는 소식도 들은 모양이에요. 그는 이사벨라 아가씨를 더 이상 괴롭히지 않았어요. 그가 갑자기 너그러운 마음씨에서 그런 게 아니라는 건 아시겠지요? 그는 그만큼 이사벨라 아가씨를 혐오했던 거예요.

하지만 그는 자기 아들에 대해서는 관심을 갖고 언젠가 꼭 데려오겠다고 제게 말하곤 했어요. 그런데 다행인지 불행인지, 그 언젠가가 되기 전에 이사벨라 아가씨가 세상을 떠나고 말았어요. 린턴 도련님이 열두 살 때였으니까 캐서린 마님이 죽고 13년이 흐른 뒤였지요. 그때부터 린턴 도련님은 아버지와 함께 살게 되었어요. 하지만 그건 조금 뒤의 이야기이지요.

이사벨라 아가씨 뒤를 쫓아가다 보니 너무 건너뛰었네요. 이야기를 조금 앞으로 되돌리겠어요.

제가 에드거 주인님께 이사벨라 아가씨의 이야기를 전한 건 며칠이 지난 뒤였어요. 주인님이 사람들을 멀리하는 바람에 이야기할 기회를 잡을 수 없었거든요.

동생 이야기를 들은 주인님의 반응을 보고 저는 놀랐어요. 너무 기뻐하는 표정이 역력했던 거예요. 주인님처럼 정이 깊은 분이 그런 반응을 보이다니 저는 의아했어요. 하지만 어찌 보면 당연한 반응이었어요. 주인님은 히스클리프를 그토록 증오했고, 동생이 그 사람 곁을 떠났다는 게 너무나 기뻤던 거예요.

캐서린 마님은 저세상으로, 이사벨라 아가씨는 만날 수 없는 곳으로 떠나자 주인님도 거의 은둔 생활에 들어갔어요. 치안판사 일도 때려치우고 교회에도 발길을 끊었어요. 읍내에 나가지 않은 건 물론이고요.

그런 주인님에게 유일한 위안은 딸 캐서린이었어요. 캐서린 아가씨는 옹알이와 걸음마를 시작하기도 전에 이미 주인님의 마음을 온통 사로잡은 독재자가 된 거지요. 나리는 딸 이름을 캐서린이라고 지었지만 언제나 딸을 캐시라고 불렀어요. 돌아가신 캐서린 마님을 단 한 번도 캐시라는 애칭으로 부르지 않은 건 바로 히스클리프가 마님을 그렇게 불렀기 때문이었지요.

주인님에게 딸 캐시는 아내 캐서린과는 다른 애정을 쏟을 상대임과 동시에 자기와 캐서린과의 연결 고리이기도 했어요. 그렇게 캐서린 마님을 향한 주인님의 사랑은 체념과 달콤함과 부드러움이 함께하는 것이었어요.

저는 가끔 비슷한 상황에 처해 있던 에드거 주인님와 힌들리 언쇼 나리가 어떻게 그렇게 다른 길을 걸을 수 있는지 궁금했어요. 둘 다 좋은 남편이었고 둘 다 자식을 사랑하는 것도 똑같았는데 말이에요. 좋은 길이건 나쁜 길이건 둘이 같은 길을 가지 않은 걸 이해할 수 없었어요. 곰곰이 생각해보니까, 겉으로는 강해 보이는 힌들리 나리가 에드거 나리보다 훨씬 못나고 나약한 인간이라는 생각이 들었어요. 그는 배가 좌초하자 그냥 절망에 빠져 배에 탄 사람들을 전혀 돌보지 않은 선장 같은 사람이었어요. 반면 에드거 린턴 주인님은 하나님에게 의지하며 소망을 키워나갔던 거지요. 주제넘은 설교 같은 걸 해드린 것 같아 죄송해요.

이제 힌들리 언쇼 나리의 마지막에 대해 말씀드려야겠네요. 사실 그의 죽음은 누구나 예상했던 것이지 급작스러운 게 아니었어요. 언쇼 나리는 동생 캐서린 마님이 세상을 떠난 지 여섯 달 만에 그 뒤를 따랐어요. 그가 고주망태가 된 상태로 죽었다는 걸 제게 알려준 것은 케네스 의사 선생님이었어요. 언쇼 나리는 저와 동갑이니까 스물일곱에 세상을 떠난 거지요.

하지만 그 소식을 듣고도 제 머리를 떠나지 않는 의문이 하나 있었어요. 정말 명이 다해 고이 세상을 떠난 걸까? 저는 진상을 알아보고 싶었어요. 저는 망설이는 에드거 주인님을 설득했어요. 언쇼 나리가 저랑 젖먹이 때부터 함께 컸으니 가서 돕는 게 도리다, 남은 자식 헤어턴 도련님은 주인님의 처조카니 주인님이 후견인이 되어야 한다, 라며 주인님을 설득했던 거지요. 주인님이 결국 저보고 그곳에 가서 장례 일을 도우라고 허락했어요. 저는 우선 읍내로 가서 언쇼 나리의 변호사를 만났어요. 남은 재산이 어느 정도인지 알고 싶었고 그걸 함께 가서 처리하자고 청하기 위해서였어요.

변호사가 고개를 가로저으며 말했어요.

"모든 걸 히스클리프 씨의 처분에 맡길 수밖에 없소. 헤어턴 도련님은 거지나 다름없소. 돌아가신 아버지의 전 재산이 저당 잡혀 있고 빚만 잔뜩 지고 있소. 채권자가 히스클리프 씨니 그가 관대하게 처분해주길 바라는 수밖에 없다오."

저는 혼자서 '폭풍의 언덕'으로 갈 수밖에 없었어요. 슬픔에 잠겨 있던 조셉은 제가 온 것을 기뻐했지만 히스클리프는 제가 도대체 왜 왔는지 모르겠다며 이렇게 말했어요.

"제대로 하자면 저 멍청이의 시체는 장례를 치러주면 안 돼. 그냥 사거리에 묻어야 해."

저는 그 말에 충격을 받았어요. 언쇼 나리가 자살했다는 뜻이었으니까요.

히스클리프가 계속 말했어요.

"어제 오후에 잠깐 저놈을 놔두고 자리를 뜬 사이에 일이 벌어진 거야. 내가 들어오지 못하게 문을 걸어 잠그고는 밤새 죽도록 술을 퍼마신 거야. 아침에 요란하게 코 고는 소리가 나서 문을 부수고 들어와보니 꼴사납게 소파에 널브러져 있더군! 케네스 씨를 불러오게 했지만 그가 왔을 때는 이미 고깃덩어리로 변한 뒤였어."

그는 조셉을 보고 말했어요.

"어때, 이 일에 대해 뭐 더 떠들어댈 거 있어?"

조셉이 주인 말에 마지못해 동의하면서 중얼거리는 소리를 제가 분명히 들었어요.

"의사 선생을 부르러 내가 직접 가지 않고…… 곁에서 돌볼걸. 내가 나갈 때만 해도 멀쩡했는데…… 하지만 이제 뭐 도리가 없지!"

저는 히스클리프에게 장례를 제대로 훌륭하게 치러야 한다고 주장했고 뜻밖에도 그가 그걸 받아들였어요. 사람들이 관을 집 밖으로 내갈 때 그가 흡족한 표정을 지었다는 이야기는 꼭 해드려야겠어요. 그는 관 뒤를 따라 나가기 전에 언쇼 나리의 아들인 헤어턴 도련님을 탁자 위에 올려놓고 말했어요.

"이놈아, 이제 너는 내 거다! 휘몰아치는 바람을 맞고 구부러지는지 아닌지 어디 두고 보자!"

저는 그의 말뜻을 금세 알아차릴 수 있었어요. 제가 냉랭하게 쏘아붙였어요.

"이 아이는 스러시크로스 그레인지로 데려가겠어. 이 아이는 절대로 당신 소유가 아니야."

법적으로 그가 헤어턴 도련님에게 아무런 친권이 없었기에 한 말이었지요. 고모부인 에드거 주인님이 멀쩡하게 살아 있는데 그가 그렇게 말할 권리는 없었거든요. 하지만 그는 순순히 물러나지 않았어요.

"에드거가 그렇게 말하던가? 지금 그 문제로 왈가왈부할 때가 아니야. 어쨌든 나도 아이를 하나 키워보고 싶단 말이야. 그러니까 네 주인에게 가서 잊지 말고 전해. 이 아이를 데려간다면 대신 내가 내 아이를 찾아오겠다고."

그의 말은 우리를 꼼짝 못 하게 만드는 데 효과가 있었어요. 사실 에드거 주인님도 헤어턴 도련님에게는 별 관심이 없었으니 일은 그대로 마무리될 수밖에 없었어요.

하숙인이던 히스클리프가 이제 어엿한 '폭풍의 언덕'의 주인이 되었어요. 변호사는 그 집의 소유권이 히스클리프에게 있다고 선언했어요. 언쇼 나리는 도박 빚으로 마지막 한 뙈기 땅까지 저당 잡혔던 것이고 히스클리프가 바로 채권자였지요.

이 지방에서 으뜸가는 신사로 자라야 마땅할 헤어턴 도련님은 이렇게 자기 아버지의 원수 손아귀에 사로잡혀 꼼짝 못 하는 신세로 전락했어요. 자기 집에서 하인 처지로 살아가게 된 거지요. 아니, 하인만도 못했어요. 임금을 한 푼도 받지 못하는 신세였으니까요. 주변에 돌봐주는 사람 하나 없었고 자기가 그런 부당한 대접을 받고 있다는 사실조차 몰랐으니, 도저히 헤어나기 어려운 나락에 빠진 거지요.

제18장

그런 불행한 일을 겪고 난 뒤 열두 해 동안이 제 삶에 있어 가장 행복한 기간이었답니다. '폭풍의 언덕'과 스러시크로스 그레인지 사이에는 마치 거대한 담이라도 쌓여 있는 듯 아무런 왕래도 없었어요. 그런 가운데 캐시 아가씨가 무럭무럭 자라는 모습을 보는 게 주인님에게도, 제게도 무엇보다 가장 행복한 일이었어요. 물론 잔병치레로 가끔 걱정거리를 주긴 했지만 아이를 기르다보면 다 겪는 일이잖아요.

캐시 아가씨는 정말 귀여웠어요. 언쇼 가문의 검고 아름다운 눈과 린턴 가문의 또렷한 이목구비, 하얀 피부를 그대로 물려받았거든요. 생기도 넘쳤고 섬세했으며 비둘기처럼 온순했어요. 어머니처럼 정열적인 사랑을 할 줄 알았지만 훨씬 더 차분해서, 화가 나더라도 날뛰지 않았고 누구를 사랑하더라도 격렬하지 않았어요. 다만, 좀 건방진 면이 있었고 삐딱하게 고집을 부리기도 했지만 응석받이로 자란 아이가 그럴 수 있는 정도였어요.

아가씨는 열세 살이 될 때까지 그레인지 농원 울타리 밖으로 나가본 적이 거의 없었어요. 물론 주인님 손을 잡고 농원 밖으로 1~2마일 정도 다녀올 때도 있었지만 극히 드문 일이었고요. 집을 제외하고 들어가본 곳이라고는 교회가 전부였답니다. 아가씨의 교육은 주인님이 전담했는데 총명한 아가씨는 아주 모범적이고 훌륭한 학생이었답니다.

하지만 저 멀리 깎아지른 페니스턴 절벽은 가끔 아가씨 눈길을 끌었고 어떻게 하면 거기 갈 수 있을지, 그 꼭대기에서 저 너머를 내려다보면 어떤 게 있을지 궁금해서 제게 물어볼 때도 있었어요. '폭풍의 언덕'은 그 절벽으로 가는 도중에 있었지요. 아가씨는 나이가 들수록 몹시 그곳에 가고 싶어했지만 에드거 주인님은 "아직은 아니란다"라며 딸을 달랬어요.

전에도 말씀드렸지만 이사벨라 아가씨는 10여 년 더 살다가 세상을 떠났답니다. 무슨 병으로 죽었는지는 모르겠지만 린턴 가문 사람들은 허약한 체질이었고 나중에 에드거 주인님도 비

숫한 병으로 세상을 뜬 것 같아요.

혼자 넉 달 동안 앓아누웠던 이사벨라 아가씨는 자신의 종말을 예견하고 오빠에게 한 번만 와달라고 청했답니다. 오빠에게 마지막 인사도 하고 싶었고 린턴 도련님을 외삼촌인 오빠 손에 맡기고 싶어서였어요.

에드거 주인님은 지체 없이 아가씨에게 달려갔어요. 주인님은 캐시 아가씨를 제게 맡기면서 절대로 농원 밖으로 데리고 나가지 말라고 신신당부하더군요. 저는 아무 염려 마시라고 나리를 안심시켜드렸어요. 하지만 저는 결국 나리와의 약속을 지키지 못했어요. 혼자서는 절대로 농원 밖으로 나갈 엄두도 못 내리라고 캐시 아가씨를 너무 믿은 거지요.

주인님은 3주간 집을 비우셨어요. 아가씨는 생전 처음 아버지와 떨어져 지낸다는 데 상심해서 처음 2~3일은 얌전히 있었어요. 하지만 몇 날이 흐르자 아가씨는 심심해서 몸을 비틀며 짜증을 내기 시작했어요. 저는 아가씨에게만 하루 종일 붙어 있을 수 없어서 한 가지 방법을 생각해냈어요. 농원 안을 걷거나 조랑말을 타고 혼자 돌아다닐 수 있게 한 거지요. 아이는 그렇게 하루를 보내고 나면 신이 나서 그날 본 것, 느낀 것들을 제게 이야기해주었고 저는 인내심을 갖고 들어주었어요.

계절은 초여름으로 접어들고 있었어요. 아이는 혼자 농원 안을 돌아다니는 데 완전히 재미를 붙였어요. 아침 먹고 나간 후에 차 마시는 시간이 될 때까지 돌아오지 않는 날도 많아졌고, 그런 날은 온갖 상상의 나래를 펴서 꾸며낸 이야기들을 제게 더 많이 들려주곤 했어요. 저는 여전히 아가씨가 농원 밖으로 나가리라는 생각은 꿈에도 하지 않았고요.

그러던 어느 날이었어요. 아침 8시에 아가씨가 제게 오더니 말했어요. 자기가 오늘은 아라비아 상인이 되어 대상을 이끌고 아라비아사막을 건너겠다고 하는 거예요. 그러니 식량도 충분히 준비하고 자기가 타고 갈 말 한 필, 낙타 대용 사냥개 세 마리를 달라고 하는 거예요. 저는 오늘은 또 무슨 모험담을 듣게 되려나 생각하고 아무 생각 없이 요구하는 것을 다 마련해주었어요.

그런데 이 몹쓸 아가씨가 차 마실 시간이 되어도 나타나지 않는 거예요. 저는 허둥지둥 아가씨를 찾아 나섰어요. 농장을 아무리 뒤져보아도 아가씨와 함께 갔던 일행 중 포인터 개 한 마리만 나타났을 뿐 어떤 흔적도 보이지 않았어요. 저는 농원의 울타리를 수리하고 있던 일꾼을 만나자 아가씨를 보지 못했느냐고 물었어요.

제18장

45

일꾼이 대답했어요.

"아침에 봤습죠. 아가씨가 개암나무 가지를 꺾어달라고 하기에 꺾어줬더니 저쪽 낮은 울타리를 말을 타고 훌쩍 뛰어넘어 달려가더군요."

저는 정신이 하나도 없었어요. 그걸 보았다면 와서 이르지 않고 뭐 했냐며 일꾼을 야단친 후 저는 농장 밖으로 뛰어나갔어요. 분명 페니스턴 절벽 쪽으로 갔구나 싶더라고요.

저는 부리나케 걷고 또 걸어서 마침내 '폭풍의 언덕'이 보이는 곳에 도착했어요. 하지만 캐시 아가씨 모습은 어디에서도 볼 수 없었지요. 페니스턴 절벽은 '폭풍의 언덕'에서도 1마일 반은 더 가야 하는 거리에 있어서 도착하기도 전에 날이 저물면 어쩌나 걱정이 태산 같았어요. 게다가 아가씨가 절벽을 올라가다가 미끄러지기라고 했으면 어쩌나 하는 걱정에 한숨이 저절로 나왔어요.

그런데 제가 '폭풍의 언덕' 곁을 지날 때였어요. 낯익은 개 한 마리가 창문 아래 앉아 있는 게 아니겠어요? 아가씨가 데리고 나갔던 개였어요. 저는 얼른 그 집으로 달려가 현관문을 마구 두드렸어요.

결론부터 말씀드리지요. 캐시 아가씨는 그 집에 있었던 거예

요. 마침 히스클리프와 조셉은 외출 중이었고요. 안으로 들어가
니 아가씨는 벽난로 앞에 앉아 신나게 이야기를 떠들고 있었어
요. 누구와 이야기를 하고 있었냐고요? 헤어턴 도련님이었어
요. 물론 신나게 떠드는 건 아가씨였고 헤어턴 도련님은 알아
듣는 건지 아닌지 멍청하게 앉아 있었을 뿐이었지요.

　헤어턴 도련님을 자세히 보니 아버지보다 자질이 훨씬 뛰
어나다는 것을 금세 알 수 있었어요. 비유하자면 잡초들이 너
무 무성해서 좋은 곡식이 자라고 있지는 못하지만 헤어턴 도련
님 본바탕이 좋은 밭이라는 건 틀림없었어요. 히스클리프는 헤
어턴 도련님을 육체적으로 학대하지는 않은 것 같았어요. 원래
겁이 없는 성격이니 그런 걸로 아이를 괴롭힐 수 없다는 걸 알
았던 거지요. 헤어턴 도련님이 소심하고 겁 많은 성격이었다면
히스클리프는 그 애를 육체적으로 학대하고 괴롭히면서 쾌감
을 느꼈을 거예요.

　대신 히스클리프는 자기의 악마성을 온통 발휘해서 그 아이
를 짐승처럼 만들려 했답니다. 어떻게 했느냐고요? 글 읽기와
쓰기를 가르치지 않은 건 물론이고, 자기에게 거스르지 않는
한에서는 아무리 나쁜 짓을 해도 절대로 야단치지 않았답니다.
어느 것이 옳은 것이고 어느 것이 그른 것인지 아무런 가르침

도 주지 않은 거지요.

그 애를 망치는 데는 조셉도 일조를 했어요. 헤어턴 도련님이 유서 깊은 가문의 장손이라며 어렸을 때부터 너무 귀여워하며 오냐오냐 대했던 거지요. 그리고 헤어턴 도련님이 무언가 잘못하면 그것을 모두 히스클리프의 탓으로 돌리고 애는 감싸기만 했어요. 아무리 욕을 하거나 못된 짓을 해도 혀만 끌끌 찰 뿐 연민의 정으로 그 애를 대한 거지요. 그러니 그 애는 점점 더 본바탕과는 먼 아이가 되어버린 거예요. 물론 헤어턴 도련님에 대한 그런 이야기들은 나중에 들어서 알게 되었어요. 제가 그 애를 처음 보았을 때 첫인상은 그리 나쁘지 않았답니다.

그런데 그날 캐시 아가씨는 그 집 하녀에게 꼭 그 집의 하인 같은 헤어턴이 자기 외삼촌 아들이며 자기랑 사촌 간이라는 놀라운 이야기를 들은 거예요. 아가씨는 믿고 싶지 않았어요. 하지만 믿고 싶지 않은 사실일수록 가슴에 깊이 새겨지게 마련인가봐요.

집으로 돌아오면서도, 돌아온 후에도 캐시 아가씨는 그날 있었던 일을 자세히 이야기해주지 않았어요. 겨우 들은 이야기라야, 저의 예상대로 페니스턴 절벽까지 가려 했었다는 것, 그 집 대문 앞을 지날 때 마침 헤어턴이 문밖으로 나왔고 그가 데리고 나온 개들이 자기 일행을 공격했다는 것, 서로 개들 싸움을 말리다 가까워졌고, 헤어턴이 자기를 동행해서 절벽까지 안내해주고 그곳의 신기한 동굴들을 보여주었다는 것이 전부였어요.

저는 캐시 아가씨에게 이번 일을 아버지에게 말씀드리면 무척 상심하실 것이며, 제게 화가 나서 저를 쫓아내실지도 모른다고 말했어요. 그러자 아가씨는 비밀로 하겠다고 제게 약속하고 그 약속을 지켰어요.

제19장

이사벨라 아가씨가 세상을 떠나고 얼마 후 린턴 히스클리프 도련님을 데리고 주인님이 돌아오셨어요. 캐시 아가씨는 아버지 지시로 검은 상복을 입었지만 한번도 얼굴을 본 적이 없는 고모가 돌아가셨다고 슬퍼할 이유가 없었어요. 대신 자기보다 여섯 달 어린 사촌 동생을 만나게 된다는 사실에 들떠 있었어요.

린턴 도련님은 얼굴이 창백한데다 가냘픈 것이 마치 여자아이 같았어요. 아버지 얼굴은 하나도 닮은 데가 없이 이사벨라 아가씨의 모습만 고스란히 간직하고 있었어요. 에드거 주인님의 막냇동생이라고 해도 될 만큼 닮은 얼굴이었지만 병약한데다 심술이 그대로 드러나 있는 건 주인님의 온순하고 인자한 성품과는 완전히 달랐어요.

린턴 도련님은 우리와 잠시 함께 있었지만 정말 까다로운 아이였어요. 테이블 앞 의자에 앉히면 의자에는 못 앉는다며 징징거려서 소파에 앉혀주어야 했고, 툭하면 눈물을 보이기 일쑤였어요. 에드거 주인님이 이런 응석받이를 데려오느라 도중에 얼마나 고생을 하셨을지 안 봐도 뻔했어요.

그런 린턴 도련님을 가장 잘 달래준 건 바로 캐시 아가씨였어요. 사촌 동생을 만나면 귀여워해주겠다고 단단히 마음을 먹고 있었던 거예요. 아가씨는 린턴 도련님의 머리를 쓰다듬어주고 볼에 뽀뽀를 해주는가 하면 마치 어린아이 다루듯 차 접시에 차를 따라 마시게 하기도 했어요. 사실 린턴 도련님은 어린아이와 다름없었지요. 아가씨 덕분에 린턴 도련님은 겨우 눈물을 그치고 얼굴에 미소를 보이기 시작했어요.

에드거 주인님은 은근히 조카를 캐시 아가씨와 함께 키우고 싶었던 모양이에요. 둘이 함께 노는 모습을 보며 흐뭇한 표정을 지었고 제게 그런 뜻을 내비쳤으니까요. 하지만 그건 너무 순진한 주인님의 뜻이었을 뿐이에요. 저는 주인님의 말씀을 들으며 '저렇게 약한 아이가 '폭풍의 언덕'에서 어떻게 견뎌낼 수 있을까? 저 아이가 그 사나운 아버지와 헤어턴 도련님 사이에서 어떻게 살아갈까?'라는 생각만 했어요.

그날 조셉이 스러시크로스 그레인지에 왔어요. 히스클리프 씨가 엄명을 내렸다며 당장 린턴 도련님을 데려가겠다는 거였어요. 에드거 주인님은 당장 데려가겠다고 바득바득 우기는 조셉에게 다음 날 제 손을 통해 데려다주겠다며 호통과 함께 돌려보냈어요.

다음 날 저는 린턴 도련님을 '폭풍의 언덕'으로 데리고 갔어요. 어디로 가느냐고 묻는 린턴 도련님에게 이제부터 아버지와 함께 살게 될 것이라고 하자 아이의 눈이 휘둥그레졌어요. 어머니에게서 아버지 이야기는 단 한번도 들어본 적이 없었던 거지요. 아이는 '폭풍의 언덕'도 그레인지 농원만큼 살기 좋냐, 자기 아버지는 어떤 사람이냐 꼬치꼬치 캐물었지만 저는 대충 얼버무리면서 아이를 안심시켰어요.

우리가 '폭풍의 언덕'에 도착했을 때는 6시 반이었어요. 식구들이 막 아침 식사를 끝냈을 때였지요. 하녀가 식탁을 치운 후 행주질을 하고 조셉은 주인 곁에 서 있었으며 헤어턴 도련님은 목초밭으로 나갈 채비를 하고 있었어요.

제 모습을 본 히스클리프가 소리를 치더군요.

"아니, 넬리 아니야! 내가 직접 내 재산을 찾으러 가야 하나

생각 중이었는데, 마침 넬리가 직접 데려왔군. 어디 쓸 만한가
좀 볼까?"

그가 의자에서 일어나 문 앞으로 걸어오자 조셉과 헤어턴 도
련님도 따라왔어요. 아이는 겁먹은 눈으로 세 사람을 쳐다보았
어요. 아이를 유심히 바라보던 조셉이 한마디했어요.

"뭐야! 애를 바꿔치기 한 거 아냐? 나리, 저 애는 그 집 딸내
미 아닌가요?"

히스클리프는 아이를 빤히 쳐다보더니 웃음을 터뜨리면서
말했어요. 어찌나 경멸적인 눈초리였는지 아이가 부들부들 떨
더군요.

"맙소사, 정말 예쁘게 생겼구먼! 정말 귀여워! 넬리, 달팽이
하고 탈지분유만 먹여 키운 거야? 내가 생각했던 것보다 훨씬
시원찮잖아! 하기야 기대도 하지 않았지만."

아이가 겁을 내며 내게 달라붙자 히스클리프가 자리에 앉아
아이에게 "이리 와봐라"라고 말했어요. 아이는 제 어깨에 얼굴
을 파묻고 울기 시작했어요. 그러자 히스클리프가 거칠게 아이
를 끌어당겨 자기 무릎 사이에 세운 다음, 아이의 턱을 들어 올
리며 말했어요.

"이놈, 제 어미를 쏙 빼닮았구나. 내가 누군지 아냐? 내 얘기

들어본 적 없어?"

아이가 겁먹은 눈으로 고개를 가로젓자 그가 다시 말했어요.

"없어? 자식한테 애비 이야기도 안 해주다니, 참 잘도 키웠군. 잘 들어라. 너는 내 아들이다. 네 어미는 아주 몹쓸 년이다. 자, 그렇게 겁먹지 마라. 착하게 굴면 잘해줄 테니."

그가 저에게 이제 그만 가보라고 하자 제가 한마디했어요.

"가볼게. 대신 아이에게 잘해줘. 그러다가는 오래 함께 지내지도 못하게 될걸. 이 세상에 단 하나뿐인 당신 혈육이잖아."

아이가 너무 병약해 보여서 해준 말이었죠.

그가 웃으면서 대답했어요.

"잘해주지, 암 잘해주고말고. 자, 어떻게 잘해주는지 보여주지. 이봐, 조셉! 이 아이에게 아침 좀 갖다줘. 헤어턴, 이 육시랄 놈아, 너는 일이나 하러 가고!"

조셉과 헤어턴 도련님이 나가자 그가 제게 말했어요.

"넬리, 이놈은 그레인지의 미래 상속자야. 이놈이 확실한 후계자가 되는 걸 보기 전까지는 이놈이 죽지 않게 돌봐줄 거야. 게다가 이놈은 내 거야. 내 후손들이 그들 재산을 차지하고 의기양양하게 주인 노릇하게 만들 거야. 내 후손들이 린턴가 후손들을 일꾼으로 부리게 할 거야. 이렇게 시원찮은 놈을 떠맡는 것은 오로지 그런 보상을 받기 위해서야. 나는 이놈을 신사로 키울 거야. 그 어떤 놈에 대해서도 우월감을 갖게 할 거야. 헤어턴은 이놈이 시키는 대로 하게 만들 거야. 이미 모든 준비가 완벽하게 끝났어. 다만 이렇게 낑낑거릴 줄만 아는 싹수 노란 놈이라는 게 섭섭할 뿐이야.”

저는 '히스클리프의 이기심 덕분에 아이가 편안하게 지낼 수 있겠구나, 아이가 몸이 약하고 겁이 많으니 잘해줘야 한다는 걸 잘 알겠지'라고 생각하며 '폭풍의 언덕'을 나섰어요. 제가 문을 닫고 나오려는 순간 린턴 도련님이 미친 듯 울부짖는 소리가 등 뒤에서 들렸어요.

“가지 마! 나 여기 있기 싫어! 여기 있기 싫단 말이야!”

이어서 누군가 빗장을 거는 소리가 들렸어요. 그것으로써 저의 짧은 보호자 역할은 끝난 거지요.

제19장

55

제20장

　　세월은 흘러 캐시 아가씨가 어느덧 열여섯 살이 되었습니다. 그사이 기머턴에서 마주친 하녀들을 통해 린턴 도련님의 소식을 가끔 듣곤 했지요. 린턴 도련님은 여전히 응석받이에 이기적인 성격이라서 히스클리프가 점점 더 아들을 싫어한다는 소식이었어요. 아들의 목소리만 들려도 질색을 하고 잠시라도 아들과 한방에 함께 있는 걸 못 견뎌한다는 것이었어요.

　　가끔 헤어턴 도련님이 린턴 도련님과 놀아주기도 했지만 언제나 한쪽은 욕을 하고 한쪽은 엉엉 우는 걸로 끝이 난다는 이야기도 들었지요. 헤어턴 도련님의 천성이 못되지 않았다는 것을 알고 있던 하녀는 그 모든 것이 린턴 도련님 때문이었다고 제게 말하곤 했어요. 심지어 이런 소리도 했어요.

"주인님도 그걸 알아요. 도련님이 자기 아들만 아니라면 헤어턴이 도련님을 죽도록 패도 그냥 재미있어할 거예요."

저는 그런 이야기를 들으면서 린턴 도련님이 정을 나눌 사람 하나 없는 환경에서 자라면서 점점 더 이기적이 되어가고 남들과 어울리지 못하는 사람이 되어가고 있구나, 생각했어요. 히스클리프는 아들이 그렇게 되는 걸 방치하고 있었고요. 아니에요. 그가 아이를 그렇게 만든 장본인이지요. 히스클리프에게 린턴 도련님은 자기 아들이라기보다는 혐오하는 이사벨라의 아들이었던 거예요. 생김새도 린턴 집안사람들을 연상시켰고요.

저는 그런 이야기를 들을 때마다 린턴 도련님의 운명이 안쓰러웠고, 우리와 함께였으면 좋았을 것이라는 생각을 하곤 했지요. 하지만 더 솔직하게 말한다면 린턴 도련님에 대한 관심은 점차 사라져갔다고 하는 게 옳을 거예요.

캐시 아가씨의 생일은 돌아가신 캐서린 마님의 기일이기도 했지요. 그래서 아가씨는 생일다운 생일을 맞은 적이 별로 없었어요. 그날이 되면 주인님은 온종일 서재에 처박혀 있었어요. 그리고 날이 어둑해질 때쯤 해서 기머턴 교회 공동묘지에 다녀오셨지요. 대개 자정이 넘어서야 돌아왔고 아가씨는 혼자 놀거리를 찾아야만 했어요.

아가씨가 열여섯 번째 생일을 맞던 날도 마찬가지였어요. 그해 3월 20일은 따뜻한 봄날이었어요. 주인님이 서재로 들어간 뒤 캐시는 외출복을 입고 내려왔어요. 아버지에게 저와 함께 벌판 끝까지 산책해도 좋다는 허락을 받았다는 거예요. 그러면서 그녀가 제게 말했어요.

"서둘러, 유모! 정말 가보고 싶은 데가 있어. 뇌조(雷鳥) 떼가 내려와 앉은 데야. 벌써 둥지를 틀었는지 빨리 보고 싶어."

저는 모자를 쓰고 집을 나섰어요. 따스한 햇살을 받으며, 제 앞으로 뛰어갔다 다시 제 곁으로 뛰어왔는가 하면 다시 앞으로 뛰어나가는 아가씨 모습을 보고 있는 건 정말 즐거웠어요. 황금빛 머리카락을 찰랑거리며 깡충깡충 뛰어다니는 아가씨의 두 뺨은 장미꽃처럼 밝고 부드럽게 빛났으며 두 눈은 티 없는 행복으로 반짝였어요. 그때 아가씨는 정말 아무 걱정거리 없는 천사였어요. 다만 자신이 누리고 있는 그 행복만으로는 만족하지 않았던 것이 참으로 딱한 일이었지요.

한참 뛰어가다 보니 저는 그만 지쳐버렸어요. 제가 앞서가는 아가씨에게 소리를 질렀어요.

"새 둥지가 어디 있다는 거예요? 너무 멀리 왔어요. 이제 되

돌아가야 해요.”

하지만 캐시 아가씨는 제 고함을 듣는 둥 마는 둥 계속 달려갔고 저도 할 수 없이 따라가야만 했어요. 결국 그녀는 제 시야에서 사라졌어요.

제가 다시 아가씨 모습을 발견했을 때 아가씨는 이미 그레인지보다는 ‘폭풍의 언덕’이 훨씬 가까운 곳까지 간 뒤였어요. 저는 아가씨를 발견하고 깜짝 놀랐어요. 두 명의 사내가 아가씨를 붙잡고 있었던 거예요. 멀리서 보아도 한 사람은 분명 히스클리프였어요. 그곳은 히스클리프 소유 농지였으니 무단 침입해서 새 알을 훔치려던 죄로 잡힌 게 분명했어요.

제가 그들이 있는 곳으로 겨우 기어올라갔을 때 캐시 아가씨는 양손을 펼쳐 보이며 항변하고 있었어요.

“보세요. 아직 둥지도 찾지 못했고 아무것도 가져간 게 없어요. 가져가려 한 것도 아니었다니까요. 아빠가 여기 뇌조 알이 많다고 하셔서 구경하러 온 거예요.”

히스클리프는 음흉한 미소를 띠고 저를 바라보더니 캐시 아가씨에게 아빠가 누구냐고 물었어요. 아가씨가 대답했어요.

“그레인지 농장의 린턴 씨예요. 내가 누구인지 몰랐지요? 알았다면 이런 식으로는 대하지 않았겠지요.”

히스클리프가 냉소적인 목소리로 말했어요.

"제 아버지가 대단한 사람인 줄 아는 모양이지. 존경이라도 받는 줄 알고 있군."

그러자 캐시 아가씨가 호기심에 가득 찬 목소리로 물었어요.

"아저씨는 누구예요? 그리고 이 사람은 누구예요? 아저씨 아들이에요?"

히스클리프와 함께 있던 사내는 헤어턴 도련님이었어요. 지난 2년 동안 몸집도 커지고 어른스러워졌으니 캐시 아가씨가 못 알아본 건 당연했어요. 하지만 촌스럽고 교양이 없어 보이는 건 마찬가지였어요.

히스클리프가 갑자기 상냥한 목소리로 대답했어요.

"아니, 내 아들이 아니야. 내 아들은 집에 있단다. 너도 전에 본 적이 있을걸. 어때, 우리 집에 한번 들어가보지 않을래? 아주 반가워할걸."

저는 펄쩍 뛰며 캐시 아가씨에게 말했어요.

"안 돼요. 주인님께 한 시간 허락을 받았는데 벌써 세 시간이 지났어요."

캐시 아가씨가 말했어요.

"유모, 잠깐 들렀다 가자. 너무 피곤해서 가까운 데서 좀 쉬어야겠어. 게다가 저 아저씨 말이 자기 아들을 내가 본 적이 있다고 하잖아. 난 그 집이 어딘 줄도 알겠어. 전에 갔던 그 집일 거야.”

그러더니 아가씨는 제 말도 듣지 않고 바람처럼 ‘폭풍의 언덕’ 쪽을 향해 달려갔어요.

히스클리프가 헤어턴 도련님에게 빨리 따라가서 안내하라고 말했고 그는 어슬렁거리며 그 뒤를 따라갔어요.

제가 히스클리프에게 이게 무슨 짓이냐고 묻자 그가 대답했어요.

“뭐가 어떻다고 그래? 저 아이에게 린턴을 좀 보여주려는데…… 요즘은 그런대로 봐줄 만하니까.”

“뭐예요? 당신 도대체 속셈이 뭐예요?”

제 말을 듣고 그가 말했어요. 음흉한 속셈을 다 드러내놓은 거지요.

“내 속셈? 뻔한 거 아냐? 다 말해줄 테니 잘 들어. 둘이 서로 반해서 결혼하게 하는 거지. 내가 네 주인에게 아량을 베푸는 거야. 저 계집애에게는 유산이 없잖아. 하지만 내 계획대로 되기만 하면 내 뒤를 이어 내 아들과 상속권을 공유하게 될 거고 그러면 재산을 갖게 되는 거잖아.”

제가 히스클리프의 말에 반박했어요.

"당신 아들은 오래 살 것 같지도 않아. 린턴 도련님이 죽으면 캐시 아가씨가 상속자가 될걸."

그가 목에 힘을 주며 말했어요.

"그렇지 않아. 내가 다 확인했어. 유언장에는 그런 내용이 없어. 그곳 재산은 모두 내 앞으로 오게 되어 있어. 나는 내가 죽은 후의 분쟁을 막기 위해 둘을 결혼시키려는 거야. 내 결심은 확고해."

저는 캐시 아가씨가 다시는 그 집 문전에 얼씬거리지도 못하게 하겠다고 그에게 대꾸했고 그는 입 닥치라며 제게 으르렁거렸어요.

집 안으로 들어가니 린턴 도련님이 벽난로 옆에 서 있었어요. 아마 방금 들판을 산책하고 돌아온 것 같았어요. 아직 채 열여섯 살이 되지 않은 것에 비하면 꽤 키가 컸어요. 얼굴 생김새는 여전히 귀여웠고요.

히스클리프가 아가씨에게 말했어요.

"자, 저게 누굴까? 알아보겠니?"

아가씨는 둘을 번갈아 보면서 말했어요.

"아저씨 아들?"

그러자 그가 다시 말했어요.

"그래, 맞아. 그런데 저 애를 처음 보는 거야? 네 사촌 린턴, 기억나니? 네가 그렇게 보고 싶다고 했다던데."

그 이름을 듣자 캐시 아가씨가 얼굴을 밝히며 소리쳤어요.

"어머, 린턴! 그 꼬마 린턴? 나보다 키가 더 크네! 너 정말 린턴 맞아?"

린턴 도련님이 캐시 아가씨에게 다가오며 그렇다고 말했어요. 둘은 서로 포옹을 했지요. 둘 다 상대방의 변한 모습에 놀라는 것 같았어요.

잠시 후 캐시 아가씨는 히스클리프에게 다가가 말했어요.

"그렇다면 아저씨는 제 고모부네요. 고모부는 처음에 저를 딱딱하게 대하셨지만 저는 처음부터 고모부가 좋았던 것 같아요. 왜 린턴이랑 저희 집에 놀러 오지 않으신 거예요? 이렇게 가까이 살면서 그렇게 오랫동안 한 번도 안 오시다니 정말 이상해요."

"네가 태어나기 전에는 너무 자주 갔었지. 이런, 내게 입맞춤을 하려거든 린턴에게 해! 내게 낭비할 필요 없어."

캐시 아가씨는 너무 즐거워서 계속 쫑알댔어요. 이번에는 제가 그 상대였지요.

"유모, 너무 못됐어. 여기에 들어오지 못하게 하다니! 앞으로는 매일 여기까지 산책할 거야. 가끔 아빠랑 함께 와야지. 고모부, 그래도 괜찮겠죠?"

그는 눈에 띨락 말락 얼굴을 찡그리며 대답했습니다.

"물론이지. 하지만 그 전에 네게 해줄 이야기가 있어. 네 아버지는 내게 편견이 있어. 예전에 우리는 한동안 심하게 싸운 적이 있단다. 만일 네가 여기 왔었다고 아버지께 이야기하면 네 아버지는 너를 두 번 다시 여기 못 오게 할 거야. 네가 언제라도 여기에 오는 건 좋아. 하지만 그러려면 아버지께 여기 왔다고 말하면 안 돼."

캐시 아가씨가 풀이 죽어서 물었어요.

"왜 싸우신 거지요?"

"네 고모와 결혼하기에는 내가 너무 가난하다고 생각한 거야. 우리가 결혼하자 화가 난 거고, 자존심이 상해서 우리를 용서해주지 않은 거란다."

"그건 옳지 않아요. 기회를 봐서 제가 아빠께 말씀드릴 거예요. 암튼 두 분 사이 싸움은 저나 린턴하고는 아무 상관없는 일이잖아요. 제가 여기 오는 대신 린턴이 우리 집으로 오는 게 더 좋지 않아요?"

린턴이 말했어요.

"거긴 너무 멀어서 난 못 가. 4마일이나 걸으면 난 죽어버릴 거야. 캐서린, 네가 가끔 이리로 와줘. 매일은 말고 일주일에 한 두 번쯤."

그러자 히스클리프가 제게 낮은 목소리로 속삭였어요.

"이거 잘못하면 말짱 헛수고가 되겠는걸. 저 병신 같은 놈 말하는 것 좀 봐! 캐서린이 저놈 못난 걸 다 알아보고 상대도 하지 않겠어. 저놈이 헤어턴이라면 얼마나 좋겠어. 놈이 꼬락서니는 그 모양이지만 그래도 사내답단 말이야. 놈이 힌들리 자식만 아니었어도 내가 좋아했을 거야. 아니, 저놈 하는 짓 좀 보게. 캐서린은 보지도 않은 채 자기 젖은 양말이나 말리고 있으니! 야, 린턴!"

"네, 아버지."

"모처럼 네 사촌이 왔는데 이 안에 죽치고 있을 거야? 여기저기 돌면서 구경 좀 시켜줘."

린턴 도련님이 캐시 아가씨에게 물었어요.

"안에 있는 게 좋지 않아?"

나가고 싶지 않다는 뜻이 역력했어요. 하지만 캐시 아가씨는 나가고 싶다는 눈초리로 문가를 보면서 "글쎄"라고 대답했어요. 그러자 히스클리프가 답답하다는 듯 밖으로 나갔어요. 헤어턴 도련님을 부르러 간 거지요. 곧 두 사람이 방으로 들어섰고 히스클리프가 헤어턴 도련님에게 말했어요.

"자, 네가 아가씨에게 농장을 안내해줘라."

캐시 아가씨는 헤어턴 도련님을 보자, 전에 하녀에게 들었던 말이 문득 생각나서 히스클리프에게 물었어요. 그때나 지금이나 그가 사촌이란 사실을 부인하고 싶었던 거지요.

"고모부, 저 사람 전에도 본 적이 있어요. 그런데 저 사람 제 사촌이 아니지요, 그렇지요?"

"네 사촌이 맞아. 네 엄마 조카니까. 왜, 쟤가 싫어? 잘생겼는데……."

캐시 아가씨는 싫다는 듯 얼굴을 찡그렸지만 결국 둘이 함께 밖으로 나갔어요. 창가에 서서 그들을 바라보며 히스클리프가 제게 말했어요.

"내가 기대했던 대로야. 놈은 바보가 아니야. 놈이 바보였다면 난 이렇게 즐겁지 않았을 거야. 나는 녀석이 뭘 괴로워하는지 훤히 알 수 있어. 내가 전에 다 겪은 거니까. 하지만 이건 시작에 불과해. 녀석은 더 괴로워해야 해. 절대로 천박함과 무식함의 수렁에서 빠져나오지 못하게 할 거야. 저 녀석 바탕은 금

덩이처럼 좋지만 평생 길바닥에 깔려서 사람들이 눈여겨보지도 않게 만들어줄 거야. 그에 비해 내 아들놈은 정말 변변치 않아. 하지만 그런 녀석이 가볼 수 있는 데까지는 가게 할 거야. 양철 조각을 갈고닦아서 은처럼 만들어보려는 거지. 정말 헤어턴 녀석은 자질이 좋아. 하지만 내 덕분에 녀석은 무용지물이 되어버렸어. 그런데 재미있는 건 녀석이 나를 아주 좋아한다는 거야. 제 애비가 자기 자식을 학대한다고 무덤에서 나와 내게 덤벼들어도 아마 내 편을 들걸."

그때 린턴 도련님이 초조하게 창문을 바라보며 모자를 꼼지락거리는 게 보였어요. 캐시 아가씨와 함께 밖에 나가지 않은 걸 후회하고 있었던 거지요. 그 모습을 본 히스클리프가 "이 못난 놈아, 저기 아직 멀리 가지 않았으니 얼른 나가봐!"라고 소리쳤고 린턴 도련님은 밖으로 나갔어요.

그들이 아직 집 옆 모퉁이에 있었기에 저는 그들이 나누는 대화를 엿들을 수 있었어요. 린턴 도련님이 문 위에 있는 글자를 가리키며 "헤어턴은 글을 못 읽는 게으름뱅이에 바보!"라고 놀리는 소리가 들렸고, 헤어턴 도련님이 사투리로 "책 쪼가리 읽어서 뭐 하노!"라고 린턴 도련님에게 으르렁거리는 소리를 들을 수 있었어요. 캐시 아가씨는 뭐가 재미있는지 깔깔거렸고요. 린턴 도련님이 헤어턴 도련님의 약점을 들춰내며 그를 비웃고 있는 걸 캐시 아가씨가 맞장구치고 있었던 거지요. 저는 린턴 도련님에게 그런 고약한 면이 있는 것을 처음 발견하고 그의 아버지가 왜 그를 그렇게 천박하게 대하는지 이해할 수 있었어요.

그날 우리는 오후까지 그곳에 머물다가 돌아왔어요. 캐시 아가씨가 도무지 일어날 생각을 하지 않았기 때문이에요. 다행히 에드거 주인님은 방에서 꼼짝도 하지 않았기에 우리가 이렇게 늦게 집으로 돌아온 것을 모르고 계셨어요.

돌아오는 길에 저는 그 집 사람들이 어떤 사람들인지 아가씨에게 알려주려고 애썼습니다. 하지만 몇 마디 제 말이 끝나기도 전에 아가씨가 반박하는 바람에 아가씨 생각을 바로잡아주려는 노력을 포기해야만 했어요.

아가씨가 이렇게 말하더군요.

"아, 알겠어. 유모는 아버지 편이지? 그래서 편견이 있는 거야. 그렇지 않다면 린턴이 가까이 살고 있다는 사실을 어떻게 그렇게 오래 속일 수 있었겠어? 유모, 나 아까 정말 화가 많이 났었어. 하지만 오늘 너무 즐겁고 기뻐서 참는 거야. 그리고 고모부에 대해서 그렇게 험담하지 마. 그분이 내 고모부라는 걸

잊었어? 아빠도, 참! 고모부랑 그렇게 싸우시다니! 내가 혼내 드릴 거야!”

우리가 ‘폭풍의 언덕’에 다녀온 것이 주인님께 들통난 것은 다음 날 아침이었어요. 그날 밤에는 주인님을 만나지 못했기 때문이에요. 사실 들통이 났다기보다는 아가씨가 먼저 아버지에게 이야기를 꺼낸 거였어요. 거의 아버지에게 따지는 것 같은 말투였지요.

아침 문안 인사를 드린 후 아가씨가 아버지께 이야기를 꺼냈어요.

“아빠, 어제 들판에 산책하러 나갔다가 누구를 만났는지 아세요? 아빠, 깜짝 놀라시네요. 찔리는 게 있으신가봐요. 제가 다 알아냈어요. 유모랑 아버지랑 짜고 린턴을 못 만나게 하신 거지요? 그러면서 내가 린턴이 왜 우리 집에 오지 않는지 속상해할 때 나를 위로하는 척하시다니.”

캐시 아가씨는 어제 벌어진 일을 모두 다 이야기했어요. 주인님은 가끔 힐난의 눈빛을 제게 던지실 뿐 아무 말도 없으셨어요.

아가씨의 이야기가 끝나자 주인님이 조용히 말씀하셨어요.

“애야, 린턴이 가까운 데 사는 걸 내가 왜 숨겼는지 아느냐?

내가 무턱대고 너를 속상하게 한 것 같으냐?”

아가씨가 단박에 말을 받았어요.

“그야 아버지가 고모부를 싫어해서 그런 거잖아요.”

주인님이 여전히 조용한 목소리로 말씀하셨어요.

“캐시, 나는 네 감정보다 내 감정을 소중히 여기는 사람이 아니란다. 내가 히스클리프를 싫어해서 그런 게 아냐. 그 사람이 나를 싫어해서 그랬던 거지. 그는 자기가 싫어하는 사람이라면 누구든 해를 끼치고 망치는 걸 좋아하는 나쁜 사람이야. 네가 린턴과 가까이하면 분명 그를 만나게 될 거고, 나를 싫어하는 만큼 너도 싫어할 게 분명해서 린턴을 만나지 못하게 했던 거야. 네가 좀 더 큰 다음에 이야기해주려고 했는데 이제 어쩔 수 없구나.”

그러자 캐시 아가씨가 원망 투로 말했어요.

“아빠, 고모부는 제게 아주 친절하시던데요. 그리고 저보고 언제고 놀러 오라고 하셨어요. 고모부는 저와 린턴이 친하게 지내기를 바라는데 아빠가 그걸 막는 거잖아요.”

주인님은 한숨을 내쉬더니 히스클리프가 고모에게 어떤 짓을 했는지, 어떻게 해서 ‘폭풍의 언덕’의 주인이 되었는지 차분하게 다 이야기를 해주셨어요. 정말 입에 꺼내기 힘든 이야기를 억지로 하신 거지요.

아가씨의 충격은 이루 말로 다할 수 없을 정도였어요. 자기가 이제까지 알고 있던 나쁜 일이라야 아버지에게 가끔 반항했던 일, 급한 성격 때문에 저지른 사소한 잘못들뿐이었고 그것도 금방 후회하곤 했어요. 그런데 그렇게 긴 세월 복수 계획을 세운 다음 그것을 속에 감추고 산다는 것, 그 계획을 차근차근 실행에 옮기면서 양심의 가책을 조금도 느끼지 않은 사람이 있을 수 있다는 건 아가씨로서는 상상할 수도 없는 일이었어요.

딸이 너무 놀란 표정을 짓자 주인님은 더 이상 길게 이야기할 필요가 없겠다고 생각하고 조용히 덧붙이셨어요.

"캐시, 이제 내가 왜 그 집 사람들과 가까이하지 못하게 했는지 알겠지? 자, 이제 가서 평소처럼 즐겁게 지내려무나. 그 집 사람들 생각은 그만하고."

그날 아가씨는 평소와 다름없는 하루를 보냈어요. 그런데 캐시 아가씨가 잠잘 시간이 되어서 옷을 갈아입히려 아가씨 방으로 들어가보니, 아가씨가 침대 옆에 무릎을 꿇은 채 울고 있었습니다. 제가 무슨 바보 같은 짓이냐고 핀잔을 주었지요.

아가씨가 말했어요.

"나 때문에 우는 게 아냐. 린턴이 불쌍해서 우는 거야. 내일이면 나를 만날 수 있다고 그렇게 좋아했는데, 얼마나 실망하겠어?"

"정말 어이가 없네요. 진짜로 슬픈 일을 당해봐야 이따위 일로 질질 짰던 게 얼마나 부끄러운 일인지 알게 되겠군요."

캐시 아가씨는 쉽게 물러나지 않았어요.

"유모, 내가 못 가겠다고 편지하고, 빌려달라고 한 책을 보내주면 안 될까?"

"안 돼요! 절대로 안 돼! 그렇게 되면 린턴 도련님이 아가씨에게 답장을 쓸 거고, 끝이 없을 거예요. 아빠가 원하시는 건 아예 관계를 싹 끊는 거예요. 어디 아빠 말을 듣나 안 듣나 제가 지켜볼 거예요."

아가씨는 뾰로통해서 저를 쳐다보았어요. 눈길도 사나웠고요. 저도 화가 나서 잘 자라는 입맞춤도 안 해주고 이불만 덮어준 채 방을 나왔어요.

그런데 아가씨가 저 몰래 린턴 도련님과 편지를 주고받은 거예요.

어느 날 우연히, 장신구를 넣어두는 서랍에 삐죽이 나와 있는 종이쪽지들을 제가 발견했어요. 저는 금세 의심이 들었어요. 저는 아가씨가 없는 틈을 타서 이 열쇠, 저 열쇠 총동원해서 서

랍을 열었어요. 그랬더니, 글쎄, 장신구들은 어디로 다 치웠는 지 편지들로 그득한 거예요. 저는 그것들을 모두 제 방으로 가 져왔어요.

그것들은 아가씨가 린턴 도련님에게 보낸 편지들에 대한 답 장들이었어요. 처음에는 그냥 시시하고 짧은 편지들이었는데 시간이 갈수록 장문의 연애편지로 바뀌었더군요. 하지만 표현 이나 내용이나 유치하기 짝이 없었어요. 어디서 베낀 게 틀림 없는 문장들도 많았고요. 나중에 안 일이지만 우유 배달하는 아이를 통해서 편지를 주고받은 거예요.

자기 편지가 몽땅 없어진 걸 안 캐시 아가씨는 분명 제 짓이 라는 걸 알고 제게 통사정을 했지요. 제발 아빠에게만 이르지 말라는 거였어요.

제가 그녀에게 말했어요.

"아가씨, 린턴 도련님과 아주 깊은 관계가 되셨군요. 부끄러 운 줄 알아야지요. 쉬는 시간마다 참 훌륭한 쓰기 공부, 읽기 공 부를 했군요. 나리께 보여드리면 도대체 뭐라고 하시겠어요? 내가 이런 비밀을 지켜줄 것 같아요? 이건 분명 아가씨가 먼저 시작한 일일 거예요. 린턴 도련님이 먼저 이런 짓을 했을 리가 없어요. 아이고, 남부끄러워 죽겠네!"

제20장

73

아가씨가 울먹이며 말했어요.

"아냐, 아냐! 내가 시작한 게 아니야! 애당초 나는 그 애를 사랑한다는 생각을 해본 적도 없어."

저는 질겁을 했어요.

"사랑이라니? 도대체 무슨 말을 하는 거예요! 아니, 린턴 도련님과 함께 지낸 게 겨우 네 시간밖에 안 되면서! 참 대단한 사랑이네요! 자, 이 쓰레기들을 서재로 가져가서 나리께 읽어 보시라고 해야겠어요. 그런 식의 사랑에 대해 뭐라고 하시는지 한번 들어봐야지!"

아가씨가 펄쩍 뛴 건 당연했지요. 아가씨는 편지를 다 태워도 좋으니 제발 아빠에게만은 비밀로 해달라고 제게 애원했어요. 저는 결국 웃고 말았어요. 이 모든 게 어린 소녀의 유치한 장난에 불과하다는 생각이 든 거지요. 저는 나리께는 비밀로 할 테니 대신 편지를 모두 태워버리고 다시는 이런 짓 안 하겠다는 다짐을 받아냈어요. 한 장 만이라도 남겨달라는 아가씨 부탁을 냉정하게 거절하고 저는 편지를 모두 벽난로에 던져 넣었답니다.

다음 날 저는 우유 배달부 아이를 통해 린턴 도련님에게 쪽지를 보냈어요. 이런 내용이었지요.

린턴 히스클리프 씨,

다시는 캐서린 린턴 양에게 편지를 보내지 마시기 바랍
니다. 린턴 양은 그 편지를 받지 않을 겁니다.

이후 우유 배달부 아이는 빈 주머니로 나타나게 된 게 당연
했지요.

제21장

여름이 지나고 초가을이 되었습니다.

그런데 에드거 주인님이 그만 너무 심한 감기에 걸리고 말았어요. 날이 쌀쌀해졌는데도 아가씨와 늦은 시각까지 산책했던 게 무리였나봐요. 감기가 좀처럼 낫지 않아 에드거 주인님은 겨울 내내 집 안에만 계셔야 했어요.

캐시 아가씨는 가뜩이나 린턴 도련님과의 짧은 로맨스를 금지당하고 나서 기운이 없었는데 아버지까지 편찮으시니 더욱 우울해졌습니다. 저는 아가씨 마음을 달래기 위해 애를 썼어요. 아가씨의 산책길에도 아버지 대신 제가 함께 가주곤 했어요.

그러던 어느 날이었어요. 아마 10월 말이나 11월 초쯤 되었을 거예요. 저는 캐시 아가씨와 농원을 산책하고 있었어요. 언제나처럼 캐시 아가씨는 우울했어요. 전처럼 깡충깡충 뛰어다니는 일도 없었고 아직 드문드문 남아 있는 꽃을 꺾으려는 생각도 하지 않았어요. 그런데 아가씨가 갑자기 울음을 터뜨렸어요. 제가 그녀를 달랬지요.

"아가씨, 왜 울어요? 아버지가 감기 좀 걸리신 것 갖고 울면 되나요? 그보다 더한 병이 아니신 걸 다행으로 알아야 해요."

"아니야, 아빠는 더 중한 병에 걸리실지도 몰라. 아, 아빠와 유모가 내 곁을 떠나면 어떻게 하지? 난 혼자가 될 거잖아. 아빠와 유모가 죽으면 이 세상은 얼마나 변할까? 이 세상은 얼마나 쓸쓸할까?"

"그런 생각 말아요. 아버지도 나도 아직 세상을 떠나려면 멀었다고 생각해야 해요. 나리는 아직 마흔다섯도 안 된 젊은 나이잖아요. 그러니 이제부터 아버지를 잘 보살펴드리도록 해요. 아가씨가 즐거워해야 아버지도 기뻐하세요. 그리고 아버지께 걱정을 끼쳐드리지 말아요. 캐시 아가씨, 명심해야 해요. 아버지가 돌아가시게 되면 기뻐할 사람의 아들에게, 미련하고 허황된 애정을 품는다면…… 그리고 그걸 아버지가 아신다면, 그건 바로 아버지를 죽이는 일이라는 걸!"

"유모, 나는 아빠 건강 외에는 아무것도 걱정하지 않아. 내가

아빠보다 사랑하는 사람은 없어. 나는 아빠에게 걱정을 끼쳐드
릴 일은 절대로 하지 않을 거야.”

우리는 그런 이야기를 하면서 큰길로 통하는 농원 대문 근
처까지 왔어요. 아가씨는 모처럼 기분이 좋아졌는지 담장 위로
기어올라가더니 그 위에 걸터앉았어요. 그런데 담장 밖으로 드
리워진 들장미 가지 끝에 달린 빨간 열매가 아가씨 눈에 띄었
어요. 아가씨는 그 열매를 따려고 담장 위에서 손을 뻗었어요.
그 순간 아가씨 모자가 담장 밖 땅에 떨어졌어요. 대문이 잠겨
있었기에 아가씨는 모자를 줍기 위해 담장을 타고 아래로 내려
갔어요.

그런데 모자를 집은 후 다시 올라오기가 쉽지 않았나봐요.
돌이 미끄러웠고 발을 디딜 만한 틈도 없었나봐요. 아가씨가
제게 소리치더군요.

“유모, 못 올라가겠어. 어서 가서 열쇠 좀 가져와.”

저는 열쇠를 가지러 안으로 달려가려고 했어요. 순간, 그 무
언가 대문과 가까워지는 소리가 들려 저는 그 자리에 멈춰 섰
어요. 말발굽 소리였어요. 이어서 말을 탄 사람의 목소리가 들
렸어요.

“아, 린턴 양. 만나서 반가워요. 그렇지 않아도 좀 물어볼 게

있었거든. 해명도 들어야 하겠고.”

이어서 캐시 아가씨의 목소리가 들렸어요.

“고모부, 고모부와는 이야기할 게 없어요. 아빠가 고모부는 나쁜 사람이라고 했어요. 고모부는 아빠와 저를 미워한다고 했어요. 유모도 그렇게 말했어요.”

그래요. 바로 그 사람이었어요! 히스클리프!

그가 캐시 아가씨의 말을 받았어요. 조카에게 쓰는 말투인 것 같기도 하고 아닌 것 같기도 했어요.

“아가씨, 난 지금 그런 이야기 하자는 게 아냐. 내 아들 이야기를 하려는 거야. 두세 달 전, 린턴에게 편지를 썼었지? 연애 놀음이라도 한 건가, 엉? 둘 다 매 맞을 짓을 했군. 린턴 양, 아가씨가 그 멍청한 놈에게 보낸 편지들을 내가 다 가지고 있어. 내게 버릇없이 굴면 아가씨 아버지에게 몽땅 보내줄 수도 있어. 그런데 갑자기 왜 그만뒀지? 연애 놀음에 싫증이 난 건가? 아가씨로서야 놀이를 팽개치는 거로 그만이지만 우리 아들놈은 그러지 못했어. 아가씨는 그놈을 단번에 절망의 구렁텅이에 빠뜨린 거야. 그놈은 장난이 아니라 진지했단 말이야. 정말로 아가씨를 사랑한 거지. 녀석은 린턴 양의 변심에 마음의 상처를 입었어. 이건 비유가 아니야. 정말로 아프다니까. 아가씨가 그놈을 구해주지 않으면 이 겨울을 못 넘기고 땅에 묻힐걸. 제발 부탁이야. 나는 이번 주에 집에 없을 거야. 그러니 내 말이 거짓말인지 직접 가서 두 눈으로 확인해봐요.”

그의 말을 담장 안에서 듣고 있던 제가 소리쳤어요.

“가엾은 어린애한테 거짓말 좀 작작 늘어놔. 그만두지 못해! 캐시 아가씨, 제가 돌로 자물쇠를 부술 테니 그대로 있어요. 저런 말도 안 되는 소리에 속아서는 안 돼요! 아니, 잘 알지도 못하는 사람을 사랑해서 죽다니! 세상에 어떻게 그런 일이!”

그가 중얼거렸어요.

“누가 엿듣고 있는 줄은 몰랐군. 딘 부인이로군.”

이어서 그가 제게 말했어요.

“딘 부인, 나는 당신이 좋아. 하지만 그렇게 겉과 속이 다른 건 좋아할 수 없어. 뭐라고? 내가 내 사랑스러운 조카를 미워한다고? 당신이 그런 허무맹랑한 소리를 하니까 이 애가 우리 집에 겁이 나서 못 오는 거 아냐? 어쨌든 하늘에 맹세코 린턴이 죽기 일보 직전이라는 건 단언할 수 있어.”

저는 자물쇠를 부수고 뛰쳐나갔습니다. 그러자 그가 저를 노려보며 계속 말했어요.

“슬픔과 절망이 그놈의 명을 재촉하고 있다니까. 만일 저 애를 '폭풍의 언덕'에 보내기 싫다면 당신이 직접 가서 두 눈으로 확인해봐."

저는 들어가자며 캐시 아가씨의 팔을 잡아끌었어요. 하지만 아가씨는 꾸물대며 뭔가 불안한 눈빛으로 히스클리프의 표정을 계속 살폈어요. 그 가증스러운 악당의 얼굴은 정말 진지했어요. 누구도 그 표정 뒤에 음모와 거짓을 숨기고 있음을 알기 어려웠을 거예요.

저는 대문을 닫은 다음 망가진 자물쇠 대신 커다란 돌을 굴려서 문이 열리지 않게 한 후 아가씨를 데리고 집으로 왔어요. 저는 린턴 도련님이 사랑에 빠져 죽어간다는 히스클리프의 말 같지 않은 소리에 별 신경도 쓰지 않았어요. 세상에, 그런 말도 안 되는 거짓말에 넘어갈 사람이 어디 있겠어요? 그런데 캐시 아가씨는 아니었어요. 제가 제 생각을 말해주니까 캐시 아가씨가 조용히 말했어요.

"유모, 유모 말이 맞을지도 몰라. 하지만 내가 직접 눈으로 확인하기 전까지는 마음이 불편할 것 같아. 그리고 린턴에게 편지를 보내지 않은 건 내 생각이 아니었다는 것도 말해줘야 하겠어. 내가 변한 게 아니라는 것도 알려줘야 해."

아가씨가 저렇게 완전히 속아 넘어갔는데 제가 무슨 수로 그녀의 마음을 돌릴 수가 있었겠어요? 그날 밤 우리는 서로에게 화를 내며 각자 자기의 방으로 갔어요.

그렇지만 저는 결국 캐시 아가씨에게 지고 말았어요. 다음 날 저는 캐시 아가씨를 태운 조랑말을 끌고 '폭풍의 언덕'으로 향하고 있었어요. 아가씨의 슬픈 얼굴과 통통 부은 눈을 보고 어쩔 수가 없었던 거예요. 내심, 린턴 도련님의 실제 모습을 보고, 히스클리프가 우리에게 얼마나 큰 거짓말을 했는지 아가씨에게 확인해주고 싶은 마음도 있었지요.

제22장

　　　　　우리는 주방 문을 통해 집 안으로 들어갔습니다. 히스클리프가 정말로 집에 없는지 확인하기 위해서였어요. 조셉이 파이프를 입에 문 채 벽난로 옆에 앉아 있었어요. 자리에서 일어나지도 않는 조셉에게 주인이 있느냐고 물었더니 없다고 짧게 대답했을 뿐이에요.

그때 안에서 고함치는 소리가 들렸어요.

"조셉, 몇 번이나 불러야 해! 불씨가 다 꺼져간단 말이야. 너무 추워."

린턴 히스클리프 도련님의 고함소리였어요. 그 소리를 듣고 우리가 안으로 들어가자 린턴 도련님이 또 고함을 질렀어요.

"너 같은 건 나가서 죽어버려!"

　우리를 조셉인 줄 알고 소리친 거지요. 캐시 아가씨가 그에게 달려가서 껴안았어요.

　그다음에 둘 사이에 벌어진 일은 자세하게 말씀 안 드리겠어요. 다만 린턴 도련님은 정말 몹시 아픈 상태였고 무척 신경질이 늘었다는 건 말씀드릴 수 있어요. 그리고 린턴 도련님은 캐시 아가씨보고 왜 한 번도 오지 않았느냐, 앞으로는 자주 와달라고 간청했어요.

　하지만 제가 정말 자신 있게 말씀드릴 수 있어요. 린턴 도련님이 캐시 아가씨에게 자주 와달라고 한 건 히스클리프 말대로 상사병 때문이 아니었어요. 린턴 도련님 자신이 캐시 아가씨에게 이렇게 말했거든요.

　“린턴 양이 오지 않아서 정말 힘들었어. 아빠는 그게 나 때문이라며 얼마나 나를 욕하고 야단쳤는데…… 내가 너무 약하고 겁쟁이라서 린턴 양이 나를 경멸한다고…….”

　린턴 도련님이 캐시 아가씨를 좋아한 건 사실일 거예요. 하지만 린턴 도련님이 앓아누운 건 결코 상사병 때문이 아니었어요. 그런 일이 없더라도 앓아누울 만큼 병약했을 뿐이에요. 그런데 히스클리프는 그걸 핑계로 둘을 만나게 하려고 애를 쓴 거지요.

이런저런 이야기 끝에 린턴 도련님과 캐시 아가씨가 말다툼을 했어요. 캐시 아가씨는 린턴의 아버지인 히스클리프가 자기 아내를 미워했다고, 아버지에게 들은 이야기를 린턴 도련님에게 했어요. 그러자 이번에는 린턴 도련님이 자기 아버지에게서 들은 말을 했어요. 자기 아버지와 캐시의 어머니가 서로 사랑했다는 말을 한 거지요.

화가 난 캐시 아가씨가 린턴 도련님이 앉아 있던 소파를 거세게 흔들었고 충격을 받은 도련님은 숨이 넘어갈 듯 기침을 해댔어요. 겁이 난 캐시 아가씨도 울음을 터뜨렸고요. 결국 아가씨가 린턴 도련님에게 사과하는 것으로 일은 마무리가 되었어요.

그날 린턴 도련님이 얼마나 응석을 부리고 심술을 부렸는지 일일이 말씀드리기도 어려워요. 그러고는 집으로 돌아가려는 캐시 아가씨에게 도련님이 말했어요.

"캐시 때문에 내가 더 아프게 됐어. 나를 낫게 해주려면 자주 와야 해."

그날 우리는 겨우 점심시간에 맞춰 그레인지로 돌아왔어요. 에드거 주인님은 우리가 산책이라도 하고 온 줄 알고 아무것도 묻지 않았어요. 저는 캐시 아가씨에게 다시는 '폭풍의 언덕'에

갈 생각 말라고 다짐하고 또 다짐했어요.

그러자 캐시 아가씨가 제게 말했어요.

"유모, 스러시크로스 그레인지는 감옥이 아니야. 유모는 간수가 아니고. 나도 이제 열일곱 살이야. 나는 어른이니까 내가 옆에서 린턴을 돌봐주면 곧 나을 거야. 내가 개보다 누나잖아? 아무도 돌봐주는 사람이 없으니까 너무 불쌍해. 내가 돌봐주면 개도 내 말을 잘 들을 거야. 얌전하게 있을 때는 귀여운 애잖아. 유모는 그 애가 마음에 안 들어?"

"뭐요? 그 애가 마음에 들어요? 그런 심술궂고 고약한 애를? 그런 애는 잘해주면 잘해줄수록 더 버릇이 없어지는 법이에요. 게다가 오래 살지도 못할 거예요. 봤잖아요. 너무 골골거리잖아요."

"린턴은 나보다 어리니까 더 오래 살아야 해. 전보다 더 건강이 나빠진 것도 아니잖아. 감기에 걸렸을 뿐이야. 아빠랑 똑같아. 유모, 유모는 아빠가 곧 나을 거라면서 왜 그 애는 그럴 수 없다는 거야?"

"그러건 말건 우리랑은 상관없는 일이에요. 어쨌든 아가씨가 다시 '폭풍의 언덕'에 가자고 하면 아버지께 이를 거예요. 아버지 허락 없인 린턴 도련님을 만나면 안 돼요!"

“이미 만났는걸.”

“그렇다면 끊어야지요.”

“글쎄, 두고 봐야지.”

저는 아가씨의 마지막 말이 괜히 하는 말인 줄 알았어요. 하지만 저는 그 말에 당연히 귀를 기울여야 했었어요.

그곳에 아가씨와 함께 다녀온 후 3주가 흘렀어요. 하지만 평온하게 흐른 건 아니에요. 제가 생전 처음 감기몸살을 심하게 앓았거든요. 그전에 이렇게 몹시 아픈 적은 없었어요.

아가씨는 늘 제 방에 와서 저를 간호해주었답니다. 정말 천사가 따로 없었어요. 아버지와 저를 번갈아 돌보며 눈코 뜰 새 없이 지낸 거지요. 나리는 일찍 잠자리에 들었고, 저녁 6시 이후에는 아가씨가 저를 돌볼 일이 없었기에 그 이후에 아가씨는 자유 시간을 가질 수 있었지요. 그런데 그 자유 시간이 문제였어요.

병으로 앓아누운 지 3주 만에 저는 겨우 자리에서 일어나 집안을 돌아다닐 정도가 되었어요. 그러던 어느 날 저녁 8시쯤이었어요. 아직 눈이 침침했던 저는 캐시 아가씨에게 책을 좀 읽어달라고 하려고 방을 나섰어요. 그런데 캐시 아가씨는 방에 없었어요. 아래위층을 다 찾아도 보이지 않더군요. 하인들에게 물어도 아무도 보지 못했다고 하는 거예요.

부쩍 의심이 들더군요. 저는 다시 캐시 아가씨의 방으로 가서 촛불을 끄고 창가에 앉았어요. 달빛은 환했고 드문드문 눈이 쌓여 있었어요.

얼마 후였어요. 캐시 아가씨가 조랑말에서 내리는 게 보였어요. 잠시 후 마부가 나타나 말을 마구간으로 끌고 가는 것도 보였고요. 캐시 아가씨는 응접실 여닫이창을 넘어 조심스럽게 제가 기다리고 있는 곳으로 왔고요.

그래요. 캐시 아가씨는 '폭풍의 언덕'에 갔다 온 거예요. 제가 엄하게 호통을 치자 아가씨는 제게 모든 걸 다 털어놓았어요. 지금부터 해드리는 이야기는 아가씨가 제게 털어놓은 이야기예요.

"유모, 바른대로 다 말할게. '폭풍의 언덕'에 갔었어. 유모가 앓아누운 이후 하루도 빠지지 않고 갔었어. 말을 돌보는 마이클에게 책이랑 그림을 주고 매일 말을 데려오고 다시 마구간에 넣는 일을 시켰어. 그 집에 가면 하녀 질라가 친절하게 맞아주고 마실 것과 먹을 것을 주었어. 린턴하고 어떻게 지냈는지 궁금하겠지? 유모는 어떻게 생각하는지 몰라도 처음에는 아주 즐거웠어. 하지만 개랑 나랑은 너무 달라. 그 애는 그냥 풀밭에 누워 가만히 있는 게 제일 행복하다고 했어. 하지만 유모도 알지만 나는 다르잖아? 나는 이리저리 뛰어다니며 새처럼 노래하는 걸 좋아하잖아? 나는 린턴이 그리는 천국은 죽어 있는 곳이라고 놀렸고 그 애는 내 천국은 술에 취해 있다고 했어. 그래, 개는 조용히 누워 평화 속에서 기쁨을 느꼈고 나는 세상 모든 것들이 찬란한 환희에 휩싸여 불꽃을 튀기며 춤추기를 원했던 거야. 아, 참, 집 안으로 들어가기 전에 문간에서 헤어턴 언쇼도 만났어. 전에는 글자를 하나도 읽을 줄 몰랐는데 자기 이름을 떠듬떠듬 읽으면서 내게 읽을 줄 안다고 자랑하더라. 나는 린턴을 만나려고 온 거니 어서 자리를 비켜달라니까 얼굴이 벌게지더니 슬금슬금 물러나데. 당황한 것 같았어. 나는 그 애가 교양도 없고 바보 같아서 싫었어. 내가 안으로 들어가서 린턴이 좋아하는 책을 막 읽어주려던 참이었어. 헤어턴이 문을 콱 열고 들어오는 거야. 아마 나한테 푸대접받은 게 생각할수록 약이 올랐나봐. 그는 다짜고짜 둘 다 나가라고 소리치더니 린턴을 주방 쪽으로 내동댕이쳤어. 나도 개를 따라 주방으로 가니까 헤어턴이 큰 방의 문을 잠가버리는 거야. 그때 나는 전혀 다른 린턴의 얼굴을 보았어. 하얗게 질린 채 부들부들 떨고 있었는데 평소처럼 귀엽기는커녕 정말 끔찍한 몰골이었어. 비쩍 마른 얼굴이 분노에 사로잡혀 마치 미친 사람 같았거든. 린턴이 문고리를 잡고 '문 안 열어? 안 열면 죽여버릴 테다!'라고 외쳤어. 말을 한다기보다는 차라리 비명을 지르는 것 같았어. 주방에 있던 조셉이 그 모습을 보고 '그 아버지에 그 아들이로군. 누구나 지 애비 닮은 데는 있는 법이지'라고 히죽거리며 웃더군. 그러더니 안쪽을 향해 '헤어턴 도련님, 걱정할 것 없어요. 저 자식이 어디 도련님에게 덤빌 수나 있나!'라고 말하는 거야. 린턴은 계속 비명을 지르더니 피를 토하며 바닥에 쓰러졌어. 나는 겁이 버럭 나서 마당으로 뛰쳐나가 질라를 불렀어. 질라와 함께 주방으로 달려오니 헤어턴이 불쌍한 그 애를 위층으로 옮기고 있더라. 자기가 저지른 짓에 겁이 났나보지. 나는 헤어턴의 뒤에 대고 '네가 린턴을 죽인 거야!'라고 소리치며 울고 서 있었어. 잠시 후 아래로 내려온 헤어턴에게 내가 '우리 아빠에게 말해서 교수형에 처할 거야!'라고 말했더니 그냥 어디론가 가버렸어. 다음다음 날 나는 다시 '폭풍의 언덕'에 갔어. 질라가 도련님이 많이 좋아졌다며 나를 그 애 방으로 안내했어. 그런데 린턴이 한 시간 넘도록 내게 눈길도 안 주는 거야. 그러더니 겨우 하는 말이 지난번에 나 때문에 소동이 일었고 헤어턴에게는 아무 잘못도 없다는 거야. 정말 못된 애야! 나는 하도 어이가 없어서 그냥 나와버렸어. 다시는 여기 찾아오지 않겠다는 결심까지 했어. 하지만 그 결심은 오래가지 못했어. 어쨌든 자나 깨나 린턴 소식이 궁금했거든. 그래서 그다음 날 또 찾아갔어. 나는 벽난로 앞에 서서 정색을 하고 '오늘이 마지막이야. 너는 나를 좋아하지 않잖아. 내가 오면 괴롭다면서? 내가 올 때마다 그런 눈치였잖아. 그러니 인제 그만 만나자. 네 아버지에게 공연히 마음에도 없는 말 하지 말고, 나를 만나기 싫다고 솔직히 말해'라고 말했어. 어느 정도는 진심이었어. 그러자 그 애가 '캐시, 모자 벗고 앉아봐. 너는 나보다 행복하잖아? 그러니까 나보다 착한 사람이어야 해. 아버지는 언제나 나의 못난 점만 지적하면서 화를 내. 그래서 나는 내가 정말 그런 놈인가보다 생각하게 됐어. 나는 정말 아무짝에도 쓸모없는 놈인가보다 자꾸 생각하게 돼. 그런 생각을 하면 정말 화가 나고 누구나 다 미워져. 정말이야. 나는 성미도 고약하고 맘씨도 곱지 못해. 그러니까 나랑 헤어지고 싶으면 마음대로 해. 귀찮은 일 하나 떼어버리는 셈 치면 되잖아. 하지만 캐시, 이거 하나는 정말 믿어줘. 나도 너처럼 건강하고 행복할 수 있다면! 그렇다면 나도 너처럼 다정하고 상냥하고 친절한 사람이 되었을 텐데! 또 하나 있어. 나는 너를 정말 사랑하게 됐어. 나처럼 못된 애에게 그렇게 친절하게 대하는 너를 사랑하게 된 거야. 나는 이제까지 네게 정말 못되게 굴었어. 그리고 앞으로도 그럴 거야. 하지만 난 그걸 후회하고 있어. 아마 죽을 때까지 뉘우칠 수밖에 없을 거야'라고 말했어. 그 애의 말은 진심 같았어. 그래서 나는 그 애를 용서해주리라 마음먹게 된 거야. 그 후로 나는 항상 린턴의 방에서 그를 만났어. 고모부는 나를 피하는 것 같았어. 마주친 적이 거의 없었으니까. 자, 유모, 이게 다야. 내가 거기 가는 걸 막으면 둘 다 불행에 빠뜨리는 거야. 제발 아버지에게 말하지 말아줘. 내가 거기 간다고 해서 누구에게 해가 되는 것도 아니잖아. 유모, 약속할 수 있지?"

하지만 저는 약속하지 않았어요. 다음 날까지 생각해보겠다고 말하고는 곧장 에드거 주인님께 가서 모든 사실을 고해바쳤어요. 캐시 아가씨와 린턴 도련님이 나눈 이야기나 헤어턴 도련님에 관한 이야기는 뺀 채였지요. 주인님은 애써 침착한 표정을 지었지만 놀랍고 슬픈 기색은 감추지 못했어요.

다음 날 아침 캐시 아가씨는 제가 배반했다는 걸 바로 알 수 있었어요. 아버지가 다시는 '폭풍의 언덕'에 가서는 안 된다고

엄명을 내렸던 거예요. 캐시 아가씨가 울면서 사정했지만 주인
님은 단호했어요. 캐시 아가씨에게 단 한 가지 위안이 있었다
면 아버지가 린턴 도련님에게 편지를 한 통 써보내겠다고 약
속한 거였어요. 린턴 도련님이 언제든 스러시크로스 그레인지
에 놀러 와도 좋다는 것, 대신 캐시 아가씨는 이제 다시 '폭풍
의 언덕'에 가지 못한다는 내용의 편지였지요. 만일 주인님이
조카의 성질과 건강 상태를 알고 계셨다면 그런 작은 배려조차
하지 않는 게 나았으리라는 걸 아셨을 테지만요.

제23장

　　이제까지 이야기가 바로 지난겨울까지의 이야기랍니다. 이제 그 이후의 이야기를 해드리겠어요.

　캐시 아가씨는 아버지 말씀에 순종했어요. 아버지에 대한 사랑이 아가씨 마음속에서 그 무엇보다 큰 자리를 차지하고 있었으니까요.

　어느 날 에드거 주인님이 제게 말씀하셨어요. 린턴 도련님이 어떤 청년인지 은근히 알고 싶으셨던 것 같아요.

　"넬리, 린턴이 직접 편지를 내게 보냈으면 좋겠군. 아니면 그 친구가 직접 내게 찾아오든가. 넬리는 그 친구를 어떻게 생각하는지 내게 솔직하게 말해줘요."

"너무 허약해요. 제 명대로 살 수 있을 것 같지 않아요. 하지만 그 도련님이 자기 아버지를 닮지 않았다는 건 확실해요. 불행하게 캐시 아가씨가 그 사람과 결혼하게 되더라도 너무 오냐오냐 받아주지만 않는다면 넉넉히 다룰 수 있을 거예요. 하지만 그 도련님이 성인이 되려면 아직 4년이 남았으니까 천천히 살펴보시면 되지요."

그러자 주인님이 한숨을 내쉬며 제게 말했어요.

"넬리, 나는 캐시 덕분에 아주 행복했어. 하지만 6월 저녁 내내, 저 교회 묘지의 그 애 어머니 무덤 위에 누워, 나도 거기에서 쉬게 될 날을 기대하고 있을 때도 그 못지않게 행복했어. 내가 캐시를 위해서 뭘 해줄 수 있을까? 어떤 식으로 그 애 곁을 떠나야 할까? 린턴이 나를 잃은 캐시의 슬픔을 달래줄 수만 있다면 그 애가 히스클리프의 아들이건, 히스클리프가 내 딸을 내게서 빼앗아가건 아무 상관없어. 하지만 린턴이 정말 보잘것없는 친구이고, 아버지 손아귀에서 놀아나기만 하는 친구라면…… 내 딸을 그런 녀석에게는 줄 수 없어. 차라리 그 애를 하나님께 바치고 내 손으로 땅에 묻는 게 낫지."

드디어 봄이 왔지만 주인님의 건강은 회복되지 않았어요. 주인님은 다시 한 번 린턴 도련님에게 편지를 보내 한번 만나보고 싶다는 뜻을 전했어요. 린턴 도련님은 아버지가 그레인지 방문을 허락하지 않아서 올 수 없다는 답장을 보내왔어요. 제 생각에는 히스클리프가 그렇게 쓰라고 시켰을 거예요. 편지 내용을 다 말씀드리지는 않겠어요. 다만 그레인지만 아니라면 어디든 만날 수 있다고, 만날 장소를 알려달라는 내용이 들어 있었다는 것만 말씀드릴게요.

에드거 주인님은 밖으로 나가서 린턴을 만나보고 싶은 마음이 굴뚝같았지요. 하지만 그럴 수 없었어요. 집을 나설 기운이 없었으니까요.

주인님은 사정을 잘 알겠다며, 여름이 되면 아마 만날 수 있을 것 같으니 그 전에 가끔 편지를 보내라고 답장을 하셨어요. 주인님 말씀대로 린턴 도련님은 편지를 보냈어요. 린턴 도련님이 제 마음대로 편지를 썼다면 아마 당장 주인님 눈 밖에 났을 거예요. 온통 불평과 한탄만 늘어놓았을 테니까요. 그의 편지는 철저히 아버지의 감독하에 쓴 거였어요. 편지에는 자기 고통과 불행에 대한 이야기는 한 마디도 없었고 그 대신 캐시 아가씨를 만나지 못해 애타하는 마음만 적혀 있었어요.

캐시 아가씨도 옆에서 하도 졸라대는 통에 주인님은 결국 항복했어요. 둘이 일주일에 한 번 정도 그레인지 농원 바로 옆 들판에서 만나는 걸 허락한 거지요. 물론 제가 함께 있어야 한다는 조건이었어요.

주인님이 그 만남을 허락한 것은 6월이 되어서도 주인님의 건강이 좋아지지 않았기 때문이에요. 주인님은 캐시 아가씨를 위해 별도로 얼마간의 돈을 저축해놓고 있었어요. 하지만 당신이 돌아가신 후에 어떻게 하면 당신의 딸이 조상 대대로의 땅과 집을 물려받거나 되찾을 수 있을까 궁리하신 거지요.

주인님이 생각한 유일한 방법은 딸 캐시를 이 저택의 상속인과 혼인시키는 것이었어요. 하지만 한 가지 주인님이 생각 못 하신 게 있었어요. 당시 린턴 도련님의 몸 상태가 급격히 악화하고 있었고, 아무도 그 소식을 전해주지 않아서 저도 모르고 있었거든요. 게다가 린턴 도련님이 들판에 나가 산책도 하고 승마도 하겠다고 편지에 적는 바람에 주인님은 린턴 도련님의 건강은 전혀 의심하지 않았고 저도 제가 괜한 걱정을 한 게 아닌가 생각하기도 했어요.

나중에 안 일이지만 린턴 도련님이 그렇게 무리를 한 건 순전히 히스클리프의 강압에 의해서였어요. 아버지라는 사람이 죽어가는 아들에게 그런 패악을 부릴 수 있으리라고는 생각도 못 한 거지요. 자식이 이대로 죽어버리면 자신의 모든 계획이

수포로 돌아갈 것 같아서 아들의 죽음이 가까워올수록 더 다급하게 서둘렀던 거랍니다.

캐시 아가씨가 저와 함께 린턴 도련님을 만나기 위해 집을 나선 것은 여름 한고비를 넘겼을 때였어요. 하지만 그날은 여전히 숨이 막히게 무더웠고 구름이 옅게 깔렸었어요. 린턴 도련님은 '폭풍의 언덕'과 가까운 풀밭에 있었어요. 에드거 주인님은 그레인지와 가까운 곳에서 만나라고 하셨지만 심부름꾼 아이가 우리에게 와서 린턴 도련님이 도저히 더 이상 올 수 없다며 그곳에서 기다린다고 전한 거예요.

린턴 도련님은 풀밭에 앉아 우리를 기다리더군요. 우리가 가까이 가서야 겨우 앉은 자리에서 일어나 우리 쪽으로 오는 거예요. 그런데 걸음걸이에 힘이 하나도 없었고 안색도 너무 나빴어요. 아가씨는 그를 보자마자 반가워하기보다는 그의 건강을 걱정하는 말부터 해야 했어요.

린턴 도련님이 몇 걸음 걷는 것도 힘들어해서 우리는 그냥 그 자리에 앉았어요. 린턴 도련님과 몇 마디 이야기를 나눈 아가씨는 린턴 도련님이 뭔가 변한 걸 알아차렸어요. 전에는 심통을 부리긴 해도 누가 비위를 맞춰주면 좋아하곤 했는데 이제는 모든 게 귀찮은 듯 무관심한 태도만 보이는 거예요. 우리

와 함께 있는 걸 즐기기보다는 뭔가 억지로 견디고 있는 느낌
이 역력했고 저는 물론 캐시 아가씨도 그걸 눈치챘어요. 심지
어 린턴 도련님은 이야기 도중에 꾸벅꾸벅 졸기까지 했어요.

그가 졸고 있을 때 캐시 아가씨가 제게 말했어요.

"유모, 쟤가 왜 나를 보자고 했는지 모르겠어. 전에는 아무리
심술을 부려도 지금보다는 좋았어. 그런데 지금은 정말 이상해.
아버지가 무서워서 억지로 여기까지 나와서 나를 만난 것 같
아. 아까도 자기 아버지 이름이 나오니까 부들부들 떨면서 아
버지를 화나게 하면 안 된다고 말하잖아. 정말 이상해졌어."

캐시 아가씨는 불쾌감과 당혹감과 동정심이 뒤섞인 묘한 감
정을 갖고 그 애와 헤어졌어요. 집으로 돌아온 우리에게 주인
님은 린턴 도련님과 만난 일에 대해 물으셨어요. 하지만 캐시
아가씨나 저나 모두 우물쭈물하며 시원한 답을 해드릴 수 없었
어요. 뭘 말씀드리고 뭘 감춰야 할지도 정확히 알 수 없었기 때
문이에요.

그로부터 일주일이 흘렀어요. 에드거 주인님의 병세는 하루
가 다르게 악화되었어요. 불과 몇 시간 만에 마치 몇 달 동안과
맞먹을 만큼 빠르게 나빠진 거예요. 캐시 아가씨는 거의 밤샘

을 하다시피 하며 아버지를 간호했어요.

목요일이 되자 저와 캐시 아가씨는 다시 린턴 도련님을 만나러 가려고 길을 나섰어요. 주인님은 선선히 응낙하셨어요. 에드거 주인님은 조카의 외모가 당신을 닮았으니 성품도 당신을 닮았으리라고 생각한 것 같아요. 린턴 도련님이 보낸 편지에는 그의 고약한 성격이 전혀 드러나 있지 않았고 저도 굳이 밝히려 애쓰지 않았으니까요.

우리가 집을 나선 것은 오후가 돼서였어요. 편찮으신 에드거 주인님을 혼자 두고 떠난다는 게 저나 캐시 아가씨나 께름칙해서 우물쭈물하다 보니 좀 늦게 출발하게 된 거예요. 린턴 도련님은 전의 그 자리에서 우리를 기다리고 있었어요.

린턴 도련님은 뭔가 겁에 질려 있는 것 같았어요. 그는 앉은 자리에서 일어나지도 않더니 겨우 캐시 아가씨에게 "난, 네 아버지가 많이 편찮으셔서 안 나올 줄 알았어"라고 우물우물하는 거였어요. 그러면서 뭔가 간청하는 것 같기도 하며, 뭔가를 감추고 있는 것 같은 눈빛으로 캐시 아가씨를 바라보기만 했어요. 솔직하고 활달한 성격의 아가씨에게 그런 수수께끼 같은 태도를 참아낼 만한 인내심은 없었어요.

캐시 아가씨가 말했어요.

“도대체 왜 나를 불러낸 거야? 아버지를 간호하느라 정신이 없는 나를! 그리고 도대체 왜 그렇게 벌벌 떨고 있는 거야? 내가 널 때릴까봐?”

그러더니 캐시 아가씨가 저를 보고 말했어요.

“유모, 당장 돌아가요. 나는 저렇게 겁에 질려 징징대는 꼴은 못 봐! 차라리 투정을 부리는 게 낫지!”

린턴 도련님은 눈물을 흘리며 고통스러운 얼굴로 땅바닥에 엎드렸어요. 마치 극심한 공포에 발작이라도 일으킨 것 같았어요. 그리고 캐시 아가씨에게 울부짖듯 말했어요.

“아, 더 이상 못 참겠어! 나는 너를 속이고 있는 거야. 하지만 사실대로 말할 수는 없어. 네가 가버리면 나는 살해당할 거야. 사랑하는 캐서린, 내 목숨은 네게 달렸어. 너도 언젠가 나를 사랑한다고 하지 않았어? 그렇다면 가지 말고 있어줘. 캐서린, 너는 착하고 다정하잖아. 제발 승낙해줘.”

린턴 도련님이 너무 괴로워하자 캐시 아가씨는 허리를 굽혀 그를 일으킨 다음 물었어요.

“승낙? 도대체 무슨 승낙? 도대체 횡설수설하니까 못 알아듣겠어. 어디 설명해봐. 그러면 있을게. 말한다고 해서 내가 네게 해를 가하지도 않을 거잖아. 자, 어서 말해봐.”

“하지만 아버지가 말하면 안 된다고 협박했어. 나는 아버지가 무서워, 정말 무섭단 말이야! 절대로 말 못 해!”

저는 도대체 린턴 도련님이 말 못 하는 비밀이 뭘까 곰곰이 생각하고 있었어요. 그때 히스 덤불 사이에서 바스락거리는 소리가 나더니 누군가 나타났습니다. 바로 히스클리프였어요. 그는 두 젊은 아이들에게는 눈길도 주지 않은 채 제게 말했어요.

“넬리, 이렇게 우리 집 근처에서 만나다니! 그레인지의 주인은 좀 어때?”

미리 와서 기다리고 있었으면서 시치미를 떼다니! 게다가 주인 나리의 상태를 빤히 알고 있으면서 마치 걱정되는 것처럼 묻다니! 저는 너무 가증스러워서 아무 대답도 않고 있었어요. 그가 이번에는 린턴 도련님을 향해 눈길을 돌리더니 버럭 소리를 질렀어요.

“이놈아, 땅바닥에 코를 처박고 있는 거냐! 어서 벌떡 일어나지 못해!”

린턴 도련님이 몸을 일으키려고 애를 쓰면서 말했어요.

“일어날게요, 아버지. 아버지가 시키는 대로 다 했어요. 정말이에요. 캐서린에게 물어보세요.”

그는 일어나려고 용을 쓰면서 캐시 아가씨에게 좀 일으켜달라고 했어요. 그러자 마치 기다리고 있었다는 듯 히스클리프가 캐시 아가씨에게 말했어요.

"이봐, 조카. 이놈이 나를 이렇게 무서워하니, 이놈을 우리 집까지 좀 부축해주겠어? 이놈은 내가 손가락만 대도 벌벌 떤단 말이야."

캐시 아가씨가 린턴 도련님에게 말했어요.

"나는 '폭풍의 언덕'에는 갈 수 없어. 아버지가 가지 말라고 하셨어. 너, 네 아버지가 너를 해치지도 않을 건데 왜 그렇게 무서워하는 거야?"

"나 혼자서는 저 집에 갈 수 없어. 아버지가 너 없이는 다시 들어올 생각을 말래."

히스클리프가 두 눈을 부라리며 아들에게 호통쳤어요.

"이놈, 아가리 닥치지 못해!"

이어서 그는 저보고 린턴을 좀 부축해달라고 했지만 제가 거절하자 린턴 도련님에게 다가가 직접 부축하려 했어요. 그러자 린턴 도련님이 깜짝 놀라 뒤로 물러서며 캐시 아가씨에게 제발 같이 가달라고 애걸했어요. 아가씨는 차마 린턴 도련님을 뿌리치지 못했어요. 저도 엉겁결에 따라가는 수밖에 없었고요.

아아, 그다음에 벌어진 일들을 어떻게 말씀드려야 할까요?

그때 생각만 하면 지금도 가슴이 떨려 오거든요.

결국 아가씨와 저는 '폭풍의 언덕'으로 들어갈 수밖에 없었어요. 그런데 집 안으로 들어가자마자 히스클리프가 문을 잠가 버리는 게 아니겠어요? 저는 겁이 나서 몸이 떨렸어요. 문을 잠근 후 그가 말했어요.

"차나 좀 마시고 가. 집에 아무도 없어. 헤어턴은 소를 끌고 풀밭으로 갔고 조셉과 질라는 어디 놀러 갔다 오라고 했지. 린턴 양, 그놈 곁에 좀 앉아. 내가 줄 선물이라고는 그놈밖에 없으니 변변치 않더라도 좀 받아줘. 저년, 놀란 눈으로 나를 쳐다보네. 나는 참 이상한 성격이야. 그게 누구든 나를 보고 겁을 내면 더 잔인해진단 말씀이야."

캐시 아가씨가 히스클리프 앞으로 한 걸음 나서며 말했어요. 두 눈은 결의와 분노로 이글거리고 있었지요.

"나는 당신이 무섭지 않아. 열쇠 이리 내놓아요. 굶어 죽을지언정 이 집에서는 아무것도 안 먹고 아무것도 안 마셔!"

그녀의 그런 태도에 히스클리프는 약간 놀란 것 같았어요. 그러고는 그녀의 목소리에서 캐시 아가씨에게 피를 물려준 누군가를 떠올리는 것 같기도 했어요.

그때 캐시 아가씨가 그에게 달려들어 열쇠를 빼앗으려 했어

요. 그가 "비키지 못해!"라고 고함을 질러도 아가씨가 막무가
내로 달려들자 그는 갑자기 열쇠를 바닥에 던졌어요. 캐시 아
가씨가 열쇠를 집으려고 몸을 구부리는 순간, 그가 한 손으로
아가씨의 머리를 눌러 꿇어앉히더니 다른 한 손으로 무섭게 그
녀의 머리를 좌우로 내리치기 시작했어요.

이 극악무도한 행동에 저는 미친 듯 그에게 달려들었어요.

"이 천하에 나쁜 놈아!"

하지만 그가 제 가슴께를 한번 밀어버리자 저는 입을 다물
수밖에 없었어요. 워낙 뚱뚱한 몸이었기에 분노로 숨이 막혀왔
고 현기증이 밀려왔기 때문이었어요. 저는 비틀비틀 뒤로 물러
났어요. 혈관이 터질 것만 같았어요.

소동은 단 2분 만에 끝났어요. 히스클리프의 손아귀에서 벗
어나자 캐시 아가씨는 두 손을 귀밑으로 가져갔어요. 두 귀가
아직 붙어 있는지 아닌지 확인하려는 것 같았어요. 아가씨는
가엾게도 몸을 사시나무처럼 떨며 테이블에 간신히 몸을 기대
고 있었어요.

히스클리프가 바닥에 떨어진 열쇠를 집으며 말했어요.

"나는 애들을 어떻게 다스려야 하는지 알고 있지. 자, 이제
린턴 곁으로 가서 실컷 울어봐. 나는 내일부터 네 시아버지니

까. 며칠 지나면 이 세상에 아버지는 나 하나밖에 없게 되겠지. 저런, 그렇게 눈을 흘기면 되나. 그러면 내게 매일 매를 맞게 될 텐데.”

캐시 아가씨는 린턴 도련님 곁으로 가는 대신 제 옆으로 왔어요. 그녀는 무릎을 꿇은 채 얼얼해진 뺨을 제 무릎에 올려놓고 엉엉 울기 시작했어요. 린턴 도련님은 소파 한구석에 박쥐처럼 몸을 웅크린 채 조용히 앉아 있었어요. 자기 대신 다른 사람이 벌을 받은 걸 다행으로 생각하고 있었겠지요.

히스클리프는 우리 모두가 하나같이 얼이 빠져 있는 것을 보고는 손수 차를 준비했습니다. 그는 우리에게 차를 마시라고 한 후 우리가 타고 온 말이 어디 있는지 찾아오겠다며 밖으로 나갔어요.

제게는 어떻게 해서라도 이 집 밖으로 나가야만 한다는 생각뿐이었지요. 하지만 주방 문도 잠겨 있고 창문은 캐시 아가씨도 나갈 수 없을 만큼 너무 작았어요. 할 수 없이 저는 린턴 도련님에게 말했어요.

“도련님, 악마 같은 아버지 속셈이 무엇인지 빨리 말해요. 안 그러면 캐시 아가씨가 맞은 것보다 더 심하게 내게 맞을 줄 알아요.”

그러자 그가 태연하게 말했어요.

"우선 차부터 줘. 그러면 다 말해줄게."

저는 그놈이 냉정한 것을 보고 화가 났어요. 들판에서는 그렇게 겁에 질려 죽을 것 같더니 '폭풍의 언덕'에 들어오자마자 언제 그랬냐는 듯 멀쩡한 거예요. 우리를 집 안으로 끌어들이지 못하면 받게 될 무시무시한 벌 때문에 그렇게 겁에 질려 있다가 일단 일이 성공하자 천만다행으로 여기고 있는 게 틀림없었어요. 눈앞에 놓인 당장의 무서움이 사라진 거지요.

그가 차를 한 모금 마신 후 말했어요.

"너도 눈치를 챘을 거야. 아버지는 우리 둘을 결혼시키려고 해. 우리 아버지는 네 아버지가 당장 우리 둘을 결혼시키지 않으리라는 걸 알고 계셔. 더 기다리다가는 내가 죽을까봐 걱정이 돼서 너를 집 안으로 데려온 거야. 너는 밤새 여기 있어야 해. 아침에 결혼하기로 되어 있으니까. 그다음 날엔 집으로 돌아갈 수 있고 네가 나를 네 집으로 데려갈 수 있을 거야."

그 소리를 듣고 제가 그를 흔들면서 소리쳤어요. 도련님이고 뭐고 없었어요.

"네놈을 거기 데려가? 이 한심한 바보야! 이렇게 젊고 씩씩하고 아름다운 아가씨가 네놈처럼 빌빌하는 원숭이 같은 놈하고 짝을 맺어? 돌아도 단단히 돌았구나!”

살짝 흔들었을 뿐인데 그는 기침을 하더니 평소처럼 훌쩍거리기 시작했어요.

“캐서린, 나랑 결혼하면 안 돼? 나 좀 살려주면 안 돼? 우리 아버지 말을 안 들으면 나를 죽일 거란 말이야.”

“나는 네 말이 아니라 우리 아버지 말을 들을 거야. 벌써 걱정하시고 계실 텐데 이러고 있을 수 없어. 때려 부수든지 불을 지르든지 이 집에서 나갈 거야!”

바로 그때 히스클리프가 들어왔어요.

“말들이 도망가버렸군. 이런 못난 놈! 아직도 찔찔거리고 있는 거냐? 가서 자. 질라는 오늘 들어오지 않을 테니 혼자 옷을 갈아입어.”

린턴이 방을 나가고 셋만 남게 되자 히스클리프가 캐시 아가씨에게 말했어요.

“너 내가 안 무섭다고 했지? 어때 지금도 안 무섭니?”

캐시 아가씨가 대답했어요.

“지금은 무서워요. 제가 여기 있으면 아빠가 걱정하실 거예요. 몸도 불편하신데…… 제발 집으로 보내주세요. 린턴과 결혼할게요. 아빠도 좋아하실 거예요. 저도 린턴을 사랑해요. 제가 자진해서 하겠다는 걸 왜 억지로 시키시는 거예요?"

"아버지가 걱정한다? 나로서는 오히려 기분이 좋은 일이지. 아주 좋은 정보야. 그렇다면 더욱 너를 여기 가두어둬야겠네. 린턴과 결혼하겠다고 말했지? 내가 반드시 그 약속을 지키게 해주지. 그 약속을 지키기 전에는 이 집에서 못 나가!"

"그렇다면 유모만이라도 집으로 보내주세요. 제가 무사하다는 걸 아빠에게 알려야 해요."

히스클리프가 대답했어요.

"걱정할 필요 없어. 자기를 간호하는 게 힘들어서 어디로 도망간 줄 알겠지. 암튼 너는 네 아비 명을 어겼어. 여기 자진해서 이곳에 들어왔으니. 너는 네 아비에게 고마운 존재가 아니야. 네가 세상에 태어난 날 네 아비의 행복은 이미 끝난 거야. 내 감히 말하지만 네가 세상에 나왔을 때 네 아비는 너를 저주했을 거다. 적어도 나는 저주했지. 그러니 네 아비가 세상을 떠나면서 또 너를 저주하는 것도 아주 근사하겠는데. 나도 함께 저주해주지."

"당신은 잔인한 사람이긴 하지만 악마는 아니잖아요. 이렇게 무릎 꿇고 빌게요. 그래요, 결혼하겠어요. 하지만 제발 집으로 돌아가게 해주세요. 아빠가 돌아가시는 모습을 못 보면 어떡해요? 고모부는 평생을 살면서 아무도 사랑해보지 않은 거예요? 단 한 번도?”

그 말을 하면서 캐시 아가씨가 히스클리프의 팔을 잡았어요. 히스클리프가 아가씨를 밀어내면서 고함을 질렀어요.

“그 도마뱀 같은 손 저리 치우지 못해? 어디서 함부로 애교를 떨고 있어! 난 네가 싫어!”

날은 점점 어두워지고 있었어요. 그때 밖에서 웅성거리는 소리가 들렸어요. 히스클리프가 재빨리 밖으로 나가더니 2~3분 후에 돌아왔어요.

“그레인지에서 하인 셋이 너희를 찾으러 왔었어. 내가 잘 말해서 돌려보냈지.”

아, 그때 소리만 질렀어도…… 우리는 탈출할 기회를 놓친 거예요.

그날 밤 아가씨와 저는 질라의 방에서 잤어요. 아니, 잠을 잔 게 아니라 그 방에 갇혀 한숨만 쉬고 있었다고 하는 게 옳아요. 아침 7시가 되자 히스클리프가 오더니 캐시 아가씨를 밖으로 끌고 갔어요. 두세 시간 후 발소리가 나더니 문이 열렸어요. 헤어턴 도련님이었어요. 제게 먹을 것을 갖다준 거지요.

그날 저는 하루 종일 그 방에 갇혀 있었어요. 그리고 그날 밤

도, 그다음 날 낮도, 또 그다음 날 밤도…… 그렇게 저는 그곳에
나흘 낮, 닷새 밤을 갇혀 있었고 만난 사람이라고는 무뚝뚝한
헤어턴 도련님뿐이었어요. 그는 입 한 번 뻥끗거리지 않고 먹
을 것만 놓고 갔으니 정말 모범적인 간수인 셈이었지요.

제24장

닷새째 되는 날 점심때가 가까웠을 무렵 헤어턴 도련님의 발소리와는 다른 발소리가 문밖에서 들렸어요. 질라였어요. 외출 차림에 바구니를 팔에 걸친 것이 어디 다녀온 것 같았어요. 그녀가 방으로 들어오자마자 저를 보고 말했어요.

"어머나, 딘 부인, 여기 있었네요. 기머턴에서 당신 소문을 들었는데…… 부인과 아가씨가 블랙호스 늪에 빠졌다고들 하던데요. 나리께서 당신들을 구했고 부인이 여기 있다고 해서 오는 거예요. 내게 열쇠를 주면서 당신보고 빨리 그레인지로 가보라고 전하랬어요. 장례식에 늦지 않게 딸도 보내주겠다고 했고요."

저는 정신이 아득해서 외쳤어요.

"오, 질라! 장례식이라니! 우리 에드거 주인님이 돌아가셨단 말이야?"

"아니, 아니에요. 아직 돌아가시지는 않았어요. 오는 길에 케네스 의사 선생님을 만났는데 상태가 영 안 좋대요."

저는 아래층으로 내려왔어요. 아가씨를 찾을까 저 혼자만이라도 빨리 가볼까 망설이고 있는데 벽난로 앞에 앉아 있는 린턴 도련님이 눈에 띄었어요. 막대 사탕을 빨면서 심드렁한 표정으로 앉아 있었어요.

"캐서린 아가씨 어디 있어?"

제가 겁을 주면 사실을 말하리라고 생각하고 사납게 다그쳤어요. 그가 위층에 있다고 대답하자 저는 빨리 그 방으로 안내하지 못하겠냐고 소리질렀어요. 그러나 그는 막무가내였어요.

"아버지가 캐서린에게 호락호락 넘어가면 안 된다고 말했어. 내 아내이면서 내가 죽기를 바란다고 말했어. 내가 죽어야 내 재산을 가질 수 있을 거니까. 그래서 난 캐서린을 집에 안 보낼 거야."

"아버지는 어디 있어?"

"마당에 의사랑 있어. 의사 말이 외삼촌은 곧 죽을 거래. 외삼촌이 죽으면 내가 그레인지 주인이 되는 거잖아. 정말 잘된 거야. 캐서린은 자기를 뇌주면 자기 것을 다 내게 주겠다고 나를 꼬이지만 안 그래도 다 내 건데, 뭐. 게다가 캐서린은 내게 너무 쌀쌀맞아. 나를 함부로 대하다가 아버지에게 얼마나 몹시 맞았는데…… 캐서린이 2층 어디 있는지는 나만 알아. 질라도 모르고 헤어턴도 몰라. 아무에게도 안 가르쳐줄 거야.”

그러면서 그는 눈을 감아버렸어요.

저는 히스클리프를 피해 한시라도 빨리 농원으로 가서 사람들을 데려오는 게 상책이라고 생각하고 냅다 농원을 향해 달렸어요.

저를 보자 농원의 모든 사람이 기뻐했어요. 저는 그들에게 캐시 아가씨도 무사하다는 말을 전한 후 얼른 에드거 주인님을 만나러 갔어요. 며칠 만에 본 주인님의 모습은 너무도 변해 있었어요. 너무도 초연하게 죽음을 기다리는 모습이기도 했고 너무나 슬픔에 잠긴 모습 같기도 했어요. 그런데 이상하게 너무 젊어 보였어요. 실제 나이는 서른아홉이었는데 서른도 안 돼 보였어요.

주인님은 캐시 아가씨를 생각하고 있었는지 그 이름을 중얼거리더군요. 제가 주인님 귀에 대고 속삭였어요.

“주인님, 캐시 아가씨가 곧 와요. 살아 있고 잘 지내고 있어요. 아마 오늘 밤이면 돌아올 거예요.”

주인님은 제 말을 듣자마자 몸을 반쯤 일으켜 주위를 둘러보더니 그대로 정신을 잃고 쓰러졌어요. 주인님이 다시 정신을 차리자 저는 그동안 ‘폭풍의 언덕’에서 일어났던 일을 소상히 말씀드렸어요.

에드거 주인님은 악당 히스클리프가 전 재산을 가로채려 한다는 사실을 직감했어요. 주인님은 유언장을 새로 작성하기로 마음먹었어요. 재산을 딸에게 직접 물려주지 않은 채 위탁인들이 관리하게 하고 캐시 아가씨가 죽으면 그 자식들에게 물려주는 식으로 고치려고 한 거예요.

하지만 결국 그렇게 하지 못했어요. 히스클리프가 이미 공증인들을 다 매수해서 주인님의 심부름꾼들을 피하게 만들어놓은 거지요.

그래도 딱 한 가지 다행인 것은 돌아가시기 전에 딸을 볼 수 있었다는 거예요. 제가 돌아온 날 새벽 3시에 아가씨가 돌아왔어요. 록우드 씨, 주인님은 행복하게 돌아가셨어요. 돌아가시기 전 주인님은 아가씨 뺨에 입을 맞추고 이렇게 말했어요.

“나는 네 어머니 곁으로 간단다. 사랑하는 내 딸아, 언젠가는 너도 우리 곁으로 올 거야."

장례식은 급히 치러졌고 유해는 고인의 유언대로 캐서린 언쇼, 아니 캐서린 린턴과 같은 자리에 묻히기로 결정이 났습니다. 나중에 들은 이야기지만 아가씨가 아버지의 마지막을 지켜볼 수 있었던 것은 린턴 도련님이 아버지 몰래 아가씨를 방에서 나갈 수 있게 꾀를 쓴 거라더군요. 나중에 그 때문에 아버지에게 된통 혼이 난 것은 물론이지요.

장례식 날 저녁, 저와 캐시 아가씨는 서재에 앉아 있었어요. 돌아가신 분을 애도하면서 어두운 앞날을 이래저래 걱정하면서요. 그때 하인 한 명이 뛰어들어오더니 "히스클리프 악마 놈이 마당을 걸어오고 있어요. 현관문을 잠글까요?"라고 큰 목소리로 외쳤어요. 그런데 오히려 그 목소리가 히스클리프를 서재로 안내한 꼴이 되고 말았지요. 서재로 들어온 그는 하인에게 나가라고 소리친 뒤 문을 잠갔어요.

18년 전 그가 손님으로 들어왔던 바로 그곳이었어요. 그때와 마찬가지로 창문을 통해 밝은 달빛이 들어오고 있었어요. 아직 촛불을 밝히지 않았지만 방 안 전체가 훤히 보였어요. 벽에 걸린 초상화들도 또렷이 보였지요. 눈부시게 아름다운 린턴 부인의 얼굴과 그녀 남편의 품위 있는 얼굴이었어요.

히스클리프는 벽난로 쪽으로 다가왔어요. 그를 알아보자마자 캐시 아가씨는 본능적으로 밖으로 뛰쳐나가려는 듯 자리에서 벌떡 일어났어요. 그가 아가씨의 팔을 잡으며 말했어요.

"서지 못해! 또 도망질하려고! 너를 집으로 데려가려고 왔다. 이제 좀 얌전한 며느리가 돼야 할걸. 더 이상 내 아들을 꼬드겨 내가 시키지 않은 짓 하게 만들지 마. 그놈 얼굴을 보면 어떤 대가를 치렀는지 알 수 있을 거야. 네 신랑이 마음에 들건 안 들건 집에 가야 해. 그게 네가 해야 할 당연한 일이니까."

제가 그에게 말했어요.

"캐시 아가씨를 이곳에 그냥 있게 하면 되잖아요. 당신 아들을 이리로 보내고…… 당신이 둘 다 싫어하니 아쉬울 것도 없잖아요."

"이곳 그레인지에 살게 될 세입자를 구하는 중이야. 나도 내 자식을 곁에 두고 싶거든. 게다가 쟤도 이제 제 밥값을 해야 해. 에드거가 죽은 마당에 더 이상 호사를 누리면서 빈둥거리게 둘 수는 없어."

그는 다시 아가씨를 향해 소리를 질렀어요.

"억지로 끌고 가기 전에 어서 준비하지 못해!"

그러자 캐시 아가씨가 당당하게 말했어요.

"갈 테니 걱정 말아요. 이제 이 세상에 내가 사랑할 사람이라 곤 린턴밖에 없으니. 당신이 우리 둘이 서로 미워하게 하려고 아무리 애를 써도 소용없을걸. 내 앞에서 린턴을 괴롭히면 내가 가만히 안 있을 거야!"

"아주 용감하시군! 뭐야? 네년 좋으라고 내가 그놈을 괴롭혀? 그럴 일은 없어. 뭐? 네년이 그놈 미워하게 하려고 애를 써? 웃기지 마. 그놈 성격 때문에 저절로 미워하게 될 거야. 그놈은 지금 네년을 도망가게 해준 다음 내게 당한 것 때문에 단단히 앙심을 품고 있으니 조심해야 할걸."

"나도 그의 성격이 못된 건 잘 알아. 당신 아들이니. 하지만 다행히 나는 그를 용서할 만한 품성을 지녔어. 그가 나를 사랑하는 건 사실이니까 나는 그를 사랑할 수 있어. 하지만 히스클리프 씨! 당신을 사랑해주는 사람은 아무도 없어! 당신은 악마처럼 외로운데다 질투가 많아. 당신이 죽더라도 당신을 위해 울어줄 사람은 아무도 없어!"

캐시 아가씨는 일종의 서글픈 승리감에 도취한 듯 말했어요. 그녀는 이미 새로운 가족의 정신적 분위기를 자기 것으로 삼기로 한 것 같았어요. 말하자면 자기 적들의 슬픔과 고통 속에서 기쁨을 찾으려고 한 거지요.

아가씨는 곧 짐을 챙기려고 서재에서 나갔어요. 저는 히스클리프에게 저도 함께 '폭풍의 언덕'에 가게 해달라고, 이곳은 저 대신 질라가 지키게 해달라고 간청했어요. 그는 딱 잘라 안 된다고 말하더니 린턴 부인의 초상화를 유심히 살펴보기 시작했어요.

"저건 내가 가지고 가겠어."

그는 미소라고 하기에는 뭐한 야릇한 표정을 짓더니 말을 이었어요. 제게 말을 한다기보다는 마치 혼잣말을 하는 것 같았어요.

"내가 어제 뭘 했는지 알아? 에드거의 무덤을 파고 있는 일꾼에게 캐시의 관에 덮여 있는 흙을 치우라고 했어. 그리고 관 뚜껑을 열어봤어. 그녀의 얼굴은 그대로였어. 묘지기가 말하더군. 시체에 공기가 닿으면 쉽게 썩어버린다고. 나는 관 뚜껑을 닫은 다음 한쪽 귀퉁이를 일부러 헐겁게 해놓았어. 그리고 묘지기에게 돈을 주면서 나중에 내가 거기 묻히면 내 관도 그렇게 해달라고 했어. 왜 그랬는지 알아? 나중에 에드거의 관이 썩어 그 영혼이 밖으로 나오더라도 우리 둘을 분간할 수 없게 하려고 그런 거야."

저는 그 소리를 듣고 끔찍해서 소리를 질렀어요.

"아니, 무슨 그런 끔찍한 짓을! 고인의 안식을 어지럽힌 게 부끄럽지도 않아?"

"넬리, 난 그 누구의 안식도 어지럽힌 게 아니야. 단지 내 마음을 조금 편하게 해준 것뿐이야. 지금 기분이 좋아졌을 뿐 아니라 죽은 후에도 얌전히 묻혀 있게 된 거지. 내가 그 애의 안식을 어지럽혔다고? 천만에! 18년 동안 나를 뒤흔들어놓은 건 바로 그 애야. 밤이고 낮이고 끊임없이! 바로 어제까지도! 그리고 이제 나는 편안해졌어. 그 애가 죽은 뒤, 내가 미친 사람처럼 그 애의 영혼을 내게 돌려달라고 간청했던 것, 넬리도 알지? 나는 분명 유령이 있다고 믿어. 유령은 분명히 존재하고 바로 우리 곁에 있다고 확실히 믿고 있어. 그 애가 묻히던 날 눈이 왔지. 그날 저녁 나는 묘지로 갔어. 물론 아무도 없었지. 그 애와 나를 가로막고 있는 건 2미터 두께 정도의 흙뿐이었어. 나는 그녀를 다시 내 품에 안으리라 생각했어. 나는 삽을 가져다 온 힘을 다해 흙을 파기 시작했어. 흙을 거의 다 파내고 관이 보이자 나는 손으로 흙을 헤쳐내기 시작했어. 그때였어. 갑자기 위쪽에서 한숨 소리가 들리는 것 같았어. 나는 캐시가 거기 있음을 확실히 느꼈어. 저 땅속이 아니라 바로 땅 위에 있음을 확실하게 느낄 수 있었어. 나는 갑자기 안도감에 사로잡혔어. 괴로움은 일시에 사라지고 위로를 받은 거야. 정말 말로는 표현할 수 없는 크나큰 위로를! 그 애는 내가 무덤을 다시 덮을 때까지 나와 함께 있었고 나를 집까지 데려다주었어. 웃고 싶으면 웃어. 하지만 그 애는 분명히 거기에 있었고 나는 그 애를 보았고 그 애에게 말까지 걸었어. 나는 '폭풍의 언덕'으로 돌아와 급히 현관으로 달려갔어. 그때 그 망할 놈의 힌들리 언쇼와 내 마누라가 현관문을 잠가놓았던 것을 나는 분명히 기억하고 있어. 나는 그놈을 죽어라 걸어차고 위층으로 뛰어올라가 그 애 방이었던 내 방으로 들어간 후 방 안을 급히 살펴봤어. 나는 그 애가 그곳에 있다는 걸 분명히 느꼈어. 하지만 분명 보일 것 같으면서도 끝내 보이지 않았어. 나는 그리움과 안타까움에 단 한 번만이라도 모습을 보여달라고 애타게 빌었어. 내가 흘리고 있던 건 땀이 아니라 피였어. 하지만 그 애는 내 소원을 들어주지 않았어. 살아 있을 때 그랬듯이 죽어서도 내게 악마와 같은 짓을 한 거야. 그 이후로 나는 줄곧 고통 속에 살아왔어. 더할 때도 있었고 덜할 때도 있었지만 내 신경은 언제나 팽팽하게 줄이 당겨져 있었어. 내 신경 줄이 질기지 못했다면 이미 오래전에 에드거처럼 맥이 풀어져버렸을 거야. 그런데 이제 그 애를 본 거야. 이제 나는 약간이나마 안심할 수 있게 된 거야. 그 애는 18년 동안 자기를 볼 수 있다는 헛된 희망을 품게 하고서 나를 죽이고 있었던 거야. 그것도 머리카락 한 올만치의 두께만큼씩 아주 천천히, 천천히.”

히스클리프는 말을 마치자 땀에 젖은 머리카락이 달라붙어 있는 이마를 닦았어요. 잠시 후 그는 벽에서 초상화를 떼어내더니 소파에 기대어놓고 캐시 아가씨가 오기를 기다렸어요. 이윽고 캐시 아가씨가 오자 그는 내게 초상화를 내일 보내라고 한 후 캐시 아가씨를 데리고 밖으로 나갔어요. 밖으로 나가면서 캐시 아가씨가 제게 입맞춤을 하며 말했어요.

“안녕, 유모. 나를 잊지 말고 꼭 보러 와줘.”

그러자 그의 시아버지가 말했어요.

“딘 부인, 그럴 필요 없어. 할 말이 있으면 내가 이리로 올 거니까.”

그가 아가씨에게 앞장서라고 손짓을 했고 아씨는 제 가슴이 찢어지게 하는 시선을 제게 보낸 후 그의 말대로 했어요. 저는 창가로 가서 그들이 마당을 가로지르는 것을 지켜보았어요. 히스클리프는 캐시 아가씨의 팔을 자기의 팔에 낀 채 빠른 걸음으로 그녀를 거의 끌다시피 데려갔어요. 얼마 후 그들의 모습은 나무 사이로 사라졌어요.

그렇게 캐시 아가씨가 내 곁을 떠난 후 얼마간 저는 그녀를 다시 보지 못했어요. 가끔 '폭풍의 언덕'에 찾아갔지만 조셉이 문만 살짝 열어 보이고는 안 들여보냈어요. 아가씨 소식은 질라를 통해 가끔 들을 수 있을 뿐이었어요. 이제부터 질라를 통해서 들은 이야기를 간단하게 해드리겠어요.

짐작대로 아가씨는 징징대는 남편을 달래고 돌보느라 정신이 없었어요. 히스클리프는 의사를 불러달라는 아가씨의 청도 냉정하게 거절했고요. 울기도 많이 울었나봐요.

결국 린턴 도련님이 세상을 떠났어요. 린턴 도련님이 죽자 캐시 아가씨는 2주 동안 2층에서 내려오지 않았대요. 그동안 히스클리프는 딱 한 번 위층에 올라갔더랍니다. 캐시 아가씨에게 린턴 도련님의 유언장을 보여주기 위해서였지요. 린턴 도련님은 자기 소유의 모든 재산과 아가씨의 동산까지 모두 아버지인 히스클리프에게 상속했어요. 캐시 아가씨는 그야말로 아무것도 가진 게 없는 처지가 된 거지요.

이후 캐시 아가씨는 점점 모든 사람에게 쌀쌀해졌고 책이나 읽으면서 외로움을 달랬답니다. 아 참, 딱 한 가지 빼놓은 게 있네요. 그 무뚝뚝하던 헤어턴 도련님이 아가씨에게 관심을 갖고 친절해졌다는 거예요. 그리고 질라에게 이런 부탁을 하더래요.

"질라, 캐시에게 책을 좀 읽어달라고 해요. 심심하기도 하고 저 사람 책 읽는 소리를 듣고 싶어서요. 그렇다고 내가 그런다고 하지 말고 질라가 그냥 읽어달라고 해요."

거실에 함께 앉아 있을 때 질라가 아가씨에게 말했대요.

"마님, 헤어턴 씨가 책을 좀 읽어달랍니다. 그러면 아주 고맙겠다고요."

그러자 즉시 아가씨가 호통을 쳤답니다.

"헤어턴 씨, 그리고 당신들 모두 다 들어! 그렇게 가식적인 친절 사양하겠어. 따뜻한 말 한마디가 정말 그리울 때는 코빼기도 안 비치더니! 저 위에 있자니 추워서 어쩔 수 없이 내려온 거지, 당신들을 즐겁게 해주려고 내려온 게 아니야!"

질라의 이야기를 듣고 당장 캐시 아가씨를 데려오고 싶은 생각이 굴뚝같았어요. 여기 일자리를 그만두고 오두막이라도 장만해서 아가씨와 함께 살고도 싶었고요. 하지만 히스클리프가 허락해줄 리가 없지요. 그러니 캐시 아가씨가 재혼한다면 모를까, 별 뾰족한 수가 없어요. 저 같은 사람이 캐시 아가씨의 혼처를 주선할 능력도 없고요.

딘 부인의 이야기는 여기서 끝났다. 의사의 예측과는 달리 나는 하루가 다르게 회복되고 있었다. 나는 내일이나 모레쯤 '폭풍의 언덕'에 한번 가보기로 마음먹었다. 히스클리프 씨를 만날 일이 있었다. 내가 런던에서 6개월 정도 지내게 되었다고 집주인에게 알려주기 위해서였다. 그리고 계약이 만료되는 10월 이후에 새로운 세입자를 구해보라고 말할 참이었다. 세상 그 무엇을 준다 해도 이곳에서 또다시 겨울을 보낸다는 건 생각하기도 싫었기 때문이다.

제24장

제25장

다음 날 나는 히스클리프 씨를 만나 할 말을 모두 전하고 런던을 향해 떠났다. 영영 그곳을 떠난 것이다. 런던에서 나는 '폭풍의 언덕'에 대해서는 더 이상 생각하지 않고 지냈다. 차라리 기억에서 지워버리고 싶은 곳의 일을 굳이 떠올릴 필요는 없지 않은가?

1802년.

그곳을 떠난 이듬해 9월에 나는 북쪽 지방에 사는 친구로부터 사냥 초대를 받았다. 친구의 집으로 가는 길에 나는 우연히 기머턴과 20여 킬로미터밖에 떨어지지 않은 곳을 지나게 되었다. 기머턴이라는 지명을 듣는 순간, 이미 꿈결처럼 희미해졌던 일들이 되살아났다. 나는 갑자기 스러시크로스 그레인지에 한 번 가보고 싶다는 충동에 사로잡혔다.

나는 아침 일찍 길을 나서서 해가 지기 전에 스러시크로스 그레인지 농원에 도착했다. 하지만 그곳은 처음 보는 노파가 지키고 있을 뿐 딘 부인은 없었다. 노파의 말로는 딘 부인은 '폭풍의 언덕'에 살고 있다고 했다. 나는 즉시 '폭풍의 언덕'으로 향했다.

'폭풍의 언덕'에 도착하니 전과 달라진 게 있었다. 문을 두드릴 필요도 없이 살짝 여니까 대문이 미끄러지듯 열렸다. 안으로 들어가니 문과 창이 모두 열려 있었고 보기 좋게 타오르는 큰 방의 벽난로 불빛이 훤하게 보였다.

나는 창가로 갔다. 엿보려고 그런 것은 아니었다. 창 가까이 앉아 있는 사람들의 모습이 보이고 목소리가 들려서 나도 모르게 발길이 그리로 향한 것이었다.

"컨 – 트러리."

마치 은방울처럼 맑고 감미로운 목소리가 들려왔다.

"이런 바보! 벌써 세 번째잖아! 마지막으로 가르쳐주는 거야. 또 잊어버리면 머리카락을 잡아당길 거야."

"컨트러리. 잘 읽잖아."

부드러우면서도 깊은 울림을 주는 목소리였다.

"자, 잘 읽었으니 어서 키스 좀 해줘."

그러자 여자가 대답했다.

"안 돼. 다시 한 마디도 틀리지 말고 똑바로 읽어봐. 그 전에는 싫어."

남자가 글을 읽기 시작했다. 안을 살짝 들여다보니 점잖은 차림에 잘생긴 얼굴의 젊은이였다. 얼굴에는 기쁨의 빛이 가득했으며 책을 읽으면서도 눈길은 연방 자신의 어깨 위에 놓인 아름다운 손을 향했다. 그럴 때마다 그 귀여운 손의 주인이 그의 뺨을 가볍게 때렸고 그의 눈은 다시 책으로 향하곤 했다.

그 손의 주인은 청년 뒤에 서 있었다. 넋을 잃게 할 정도로 아름다운 얼굴이었다. 나는 한동안 멍하니 그 얼굴을 바라보았다. 그러다가 정신이 번쩍 들어 나는 얼른 발길을 돌렸다. 잠시 후, 그들이 산책하러 나가는지 등 뒤로 발소리가 들렸다.

주방 쪽으로 가서 문을 밀어보니 그 문도 역시 열려 있었다. 주방에서는 내 친구 넬리 딘이 바느질을 하며 노래를 부르고 있었다.

그녀는 반갑게 나를 맞았다. 내가 그레인지를 떠난 지 얼마 안 되어 질라가 그만두었기에 히스클리프 씨가 자기를 이곳으로 불러와 함께 지내게 되었다는 것이었다. 그런데 나는 그녀에게 놀라운 소식을 들었다. 그가 석 달 전에 세상을 떠났다는 것이었다. 그런데 그 죽음이 평범한 죽음이 아니었다. 이제부터 그녀가 들려준 그 이상한 죽음에 관한 이야기를 그녀의 입을 통해 들려주겠다.

시간이 흐를수록 히스클리프는 점점 사람을 피해서 혼자 있게 되었어요. 심지어는 헤어턴 언쇼가 곁에 있는 것조차 싫어했어요. 물론 캐시 아가씨에게 모질게 군 건 마찬가지였어요. 하지만 캐시 아가씨는 히스클리프에게 불만이나 반감을 표시하지 않았어요. 아가씨가 착한 마음씨를 지녔다는 건 록우드 씨도 잘 아시잖아요.

그런데 어느 날부터인가 히스클리프가 진짜로 변하기 시작했어요. 그러더니 저를 붙잡고 이런 이야기를 하는 거예요.

"넬리, 정말 웃기는 결말이야. 그렇게 죽기 살기로 애를 썼는데…… 두 집안을 망가뜨리려고 온갖 연장 다 구하고 헤라클레스처럼 힘을 길러왔는데 막상 준비도 다 끝나고 힘도 생기니까, 모든 의욕이 사라져버렸어. 두 집안을 부수기는커녕 기왓장 한 장 들어 올릴 기분도 나지 않아. 이제 그 집 자손들에게 얼마든지 복수할 수 있는데…… 나를 막는 건 아무것도 없는데…… 하지만 그래 봤자 무슨 소용이야? 이제 복수할 마음이 없어. 손가락 하나 까딱하기 싫어. 아량 따위를 이야기하는 게 아니야. 쟤들을 파멸시키는 게 즐겁지 않다는 이야기야. 나는 즐겁지도 않은 일을 할 만큼 부지런한 사람이 아니야. 넬리, 내게 정말 이상한 변화가 시작됐어. 저 두 아이의 모습은 나를 너무나 큰 고통에 빠지게 해. 캐시, 저 애는 차라리 내게 안 보였으면 좋겠어. 저 애 모습을 보면 나를 미치게 하는 그 무언가가 내 속에서 깨어나는 것 같아. 그리고 헤어턴은 다른 방식으로 나를 괴롭게 해. 하지만 그 애도 내 눈앞에서 사라지기를 바라는 건 마찬가지야. 그 애는 내 젊은 날을 내게 일깨워. 그놈을 보고 있으면 너무 여러 가지 감정이 일어서 조리 있게 말할 수도 없을 정도야. 우선 저놈은 무서울 정도로 캐서린을 닮았어. 무서울 정도로 그녀를 떠올리게 해. 그놈을 보면 그 모습은 마치 내 불멸의 사랑의 유령 같아. 내 권리를 지키려는 내 온갖 노력의 화신, 추락한 내 모습의 화신, 내 자존심과 내 행복과 내 번뇌의 화신! 그래서 저놈이 제 사촌과 어울리든 말든 신경을 안 쓰는 거야. 난 더 이상 저 둘에게는 관심을 쏟지 않겠어."

히스클리프의 말 중에 궁금한 게 있으시지요? 둘이 어울린다는 이야기 말씀이요. 그 이야기는 나중에 해드릴게요. 그의 말이 끝나자 제가 물었어요. 전에는 한동안 그에게 반말을 했지만 이제는 말을 높이고 있었어요.

"그런데 히스클리프 씨, 당신에게 변화가 시작되었다고 했지요? 도대체 그게 무슨 말이에요?"

"정작 변화가 와봐야 알겠지. 지금은 나도 절반 정도밖에 모르겠어. 난 단 한 가지 생각에만 몰두해 있을 뿐이야. 내게는 단 한 가지 소원밖에 없어. 내 전 존재와 내 전 능력이 그 소원만을 향해 있어. 내가 그토록 오랫동안 줄기차게 원해왔으니까 틀림없이 그 소원이 이루어질 거야. 그 소원이 내 존재 전체를 집어삼켜버렸어. 아, 넬리에게 속을 털어놔도 마음이 가벼워지지 않네. 아아, 정말 오랫동안 싸워왔어. 이제 그만 끝났으면 좋겠어."

이후 히스클리프의 은둔 비슷한 생활은 그 도가 더 심해졌어요. 식사도 하루에 한 끼 정도로 그쳤고 그나마 식사 시간에 우리와 마주치지도 않았어요.

어느 날 밤 모두 잠자리에 든 후에 그가 층계를 내려가 앞문으로 나가는 소리가 들렸어요. 아침에 보니 아직 들어오지 않았더군요. 때는 4월이었어요.

제25장

그는 아침 식사 시간이 한참 지나서야 집으로 들어왔어요. 이상하게도 밝고 즐거운 표정이었어요. 정확히 말하면 들뜬 표정이라고 말해야 옳을지도 몰라요. 제가 식사를 차려주었지만 전혀 손을 대지 않았어요.

한두 시간 후 저 혼자 큰 방에 있을 때 그가 방으로 들어왔어요. 여전히 흥분 상태였지만 얼굴이 창백했어요. 그리고 가끔씩 이를 드러내며 미소를 지었고 온몸을 떨었어요. 추워서 떠는 게 아니라 마치 팽팽하게 당겨진 줄이 부르르 떠는 것만 같았어요. 저는 그에게 물었어요.

"히스클리프 씨, 무슨 좋은 일이라도 있으세요? 평소와 달리 기운이 넘치는 것 같아요."

"내게 어디 좋은 소식이 올 데가 있나? 넬리, 내 마지막 부탁인데 헤어턴이건 누구건 내 옆에 얼씬도 못 하게 해줘요. 나 혼자 이 방에 있고 싶어."

제가 궁금해서 물었어요.

"알았어요. 시키는 대로 할게요. 하지만 왜 그러는지 말해줘요. 괜히 궁금해서 그러는 게 아니에요."

그러자 그가 웃으며 대답했어요.

"뭐 궁금해서 묻는 거면서…… 대답해줄게. 어젯밤 나는 지옥에 갔다 왔어. 오늘은 천국을 보고 있는 거고. 바로 세 발자국 정도 거리야. 자, 이제 나가보도록 해.”

그날 그는 밖으로 나가지도 않은 채 혼자 있었어요. 8시쯤 되자 저는 그에게 저녁 식사를 갖다주려고 그의 방으로 갔어요. 그는 창문을 열어놓은 채 창턱에 팔을 기대고 있더군요. 방은 어두웠어요. 제가 들고 간 촛불에 그의 얼굴이 비치는 순간 저는 깜짝 놀라고 말았어요. 시커먼 눈은 움푹하게 꺼져 있었고, 송장처럼 시퍼런 낯빛에 그 웃음! 마치 무덤에서 나온 귀신이나 흡혈귀 같았어요. 저는 무서워서 뒤로 물러서다가 그만 촛불을 꺼뜨리고 말았답니다. 그러자 그가 아무것도 먹고 싶지 않다며 그만 나가보라고 했어요.

다음 날 히스클리프는 아래로 내려왔지만 여전히 아무것도 먹지 않았어요. 흥분한 표정은 전날보다 더 심했고요. 식탁에 앉아서도 무언가 먹으라는 제 말은 무시하고 또렷이 한곳을 응시하고만 있었어요. 무언가 극도의 쾌감과 고통을 동시에 느끼는 것 같은 표정이었지만 제대로 표현은 못 하겠어요.

잠시 후 그는 밖으로 나가 정원을 어슬렁거리더니 문밖으로 나갔어요. 그러더니 자정쯤 돌아왔어요. 그는 자기 방으로 가지 않고 큰 방에 홀로 있었어요. 한참을 잠을 이루지 못하던 저는 아래층으로 내려갔어요. 아마 새벽 4시쯤 됐을 거예요. 그는 왔다갔다 하면서 뭔가 중얼거리고 있었어요. 캐서린이라는 말을 알아들을 수 있었고 그 뒤에 사모하는 말, 번뇌하는 말이 뒤따른 것 같았어요.

그날 그가 제게 해준 이야기는 이런 거였어요.

"넬리, 넬리는 내가 살아오면서 한 짓들을 뉘우치라고 하겠지. 하지만 나는 잘못한 게 없으니 뉘우칠 것도 없어. 나는 정말 행복하지만 이걸로 만족이 안 돼. 내 육체를 아무리 파괴하더라도 내 영혼이 만족하려들지 않아. 넬리, 내가 죽으면 내 시체는 교회 묘지로 보내. 넬리랑 헤어턴은 따라와도 괜찮아. 그리고 묘지기가 내 지시대로 관 두 개를 처리하는지 꼭 봐줘. 목사를 부를 필요도 없고 조사(弔辭)도 필요 없어. 나만의 천국은 따로 있어. 남들이 가 있는 천국, 나는 거긴 관심도 없고 거긴 가고 싶지도 않아."

그게 마지막이었어요. 다음 날 제가 잠긴 그의 방문을 열고 들어가보니 아무도 없었어요. 저는 상자 모양 침대로 달려가 미닫이 문짝을 열고 안을 들여다보았어요. 록우드 씨가 이 집에 온 날 들어가 누웠던 바로 그 침대 말이에요. 그가 거기 누워 있었어요. 저를 쳐다보는 눈초리가 사나워서 움찔했는데 다시 보니 미소를 짓고 있었어요. 그는 뻣뻣하게 굳은 채 죽어 있었던 거예요.

케네스 의사 선생님이 와보고는 몹시 당황했어요. 도대체 무슨 병으로 죽은 건지 진단을 내릴 수가 없었던 거지요. 저는 히스클리프가 제게 생전에 부탁했던 대로 묻어주었어요. 그를 묻을 때 헤어턴을 제외하고는 아무도 울지 않았어요. 지금 그 무덤은 옆에 있는 두 무덤과 마찬가지로 깨끗하고, 파릇파릇하게 잔디가 나 있어요. 저는 그 안에 묻힌 사람도 옆의 두 사람과 마찬가지로 편안히 잠자고 있으리라고 믿어요.

하지만 이곳 사람들은 모두 히스클리프의 영혼이 무덤 밖을 떠돌고 있다고 믿어요. 믿는 정도가 아니라 성경에 손을 얹고 맹세를 해요. 교회 부근에서 그의 영혼을 보았다는 사람도 있고 들판에서 보았다는 사람, 심지어 이 집 안에서 보았다는 사람도 있어요. 저, 늙은 조셉 있잖아요? 조셉은 히스크리프가 죽은 뒤 비 오는 밤이면 그 방 창으로 밖을 내다보는 두 사람 모습을 봤다고 막 우겨요. 저는 정말로 안 믿었지만요.

그런데 한 달 전쯤인가, 제게도 이상한 일이 일어났어요. 저는 혼자 스러시크로스 그레인지 농원으로 가고 있었어요. 폭풍우가 몰아칠 것 같이 사방이 어두컴컴한 저녁이었어요. 길을 가다가 저는 울고 있는 어린 목동을 만났어요. 그 애 옆에 어미 양 한 마리와 새끼 양 두 마리가 있었지요. 저는 새끼 양들이 말을 안 들어서 그러나 보다 하고 "착한 애가 왜 이렇게 우시나?"라며 그 애를 달래주었지요.

그러자 그 애가 말했어요.

"저기 모퉁이에 히스클리프가 어떤 여자랑 있어요. 무서워서 못 지나가겠어요."

여전히 울먹이는 목소리였어요. 아마 유령 이야기를 부모나 친구들에게 듣고 저 혼자 유령 모습을 그려낸 거겠지요. 하지만 이제는 저도 어두워지면 밖에 나가고 싶지가 않아요. 이 음침한 집에 혼자 남아 있고 싶지도 않고요. 다행히 저 두 사람이 결혼하면 우리 모두 그레인지 농원으로 옮겨가게 될 거예요.

나는 그녀 이야기를 듣고 속으로는 짐작하면서도 물었다.

"두 사람이라니? 누구와 누가 결혼한다는 거요?"

"헤어턴 언쇼 도련님과 캐서린 린턴 아가씨요. 헤어턴 도련님이 배운 게 없어서 장애가 되긴 했어요. 그가 하루아침에 교양인이 될 수 있었던 것도 아니고 아가씨가 인내심이 엄청난 현자도 아니었으니까요. 하지만 둘 다 사랑하는 마음으로 인정

해주고 인정받고자 했으니 그런 것들은 문제가 아니었지요. 둘 다 바탕은 더없이 고결하고 착하잖아요. 둘은 정월 초하루에 결혼하게 될 거예요."

나는 궁금해서 물었다.

"그럼 여기엔 누가 살게 되는 거요?"

"조셉이 관리할 거예요. 같이 지낼 애를 하나 구해서 둘이 주방에서 지내게 할 거예요. 나머지는 모두 닫아버리고요."

"그럼 유령들이 마음껏 들어와 살겠군."

그러자 넬리가 고개를 저으며 말했다.

"그런 말 마세요, 록우드 씨. 고인들은 지금 모두 평화롭게 잠들어 있어요. 죽은 사람을 두고 그런 식으로 농담하시면 안 돼요."

그 순간 문이 열리면서 산책하러 나갔던 두 젊은이가 들어오는 게 보였다. 그들을 보고 나는 중얼거렸다.

"저들은 무서울 게 아무것도 없을 거야. 둘이 함께한다면 사탄이 대군을 몰고 와도 물리칠 수 있을 거야."

나는 왠지 그들과 마주치고 싶지 않아 슬며시 그곳을 빠져나왔다. 나는 일부러 교회 쪽으로 귀갓길을 잡았다. 교회는 눈에 띄게 황폐해져 있었다. 나는 들판 옆 비탈에서 세 개의 묘석을 쉽게 발견할 수 있었다. 한가운데 묘석은 회색이었고 반쯤은 히스 숲에 묻혀 있었다. 그 옆의 에드거 린턴의 비석은 잔디와 잘 어울린 가운데 밑동에 이끼가 끼어 있었다. 히스클리프의 비석은 아직 아무것도 묻지 않고 벌거벗은 채였다.

부드러운 미풍이 풀잎을 어루만지는 것을 바라보며 나는 조용히 중얼거렸다.

"이 고요한 땅에서 잠자고 있는 사람들이 어찌 편한 잠을 이루지 못하리라고 상상할 수 있으리오."

『폭풍의 언덕』을 찾아서

여러분은 고딕이라는 말을 들어보았을 것이다. 컴퓨터 자판을 많이 두드려본 사람은 고딕체 글자를 떠올렸을 것이고, 고딕 성당이라는 말을 떠올린 사람도 있을 것이다. 그런데 고딕소설이라는 말은 들어보았는가? 『프랑켄슈타인』『드라큘라』『지킬 박사와 하이드 씨』 같은 작품들을 우리는 고딕소설이라고 일컫는다. 한마디로 으스스한 소설이다. 왜 으스스한가? 비합리적이고 초자연적인 존재들이 등장하는 소설이기 때문이다. 그리고 우리가 읽은 『폭풍의 언덕(*Wuthering Heights*)』도 대표적인 영국 고딕소설로 꼽힌다. 배경이 '워더링 하이츠: 폭풍의 언덕'이라는 음산한 곳이고 히스클리프라는 광기에 사로잡힌 주인공이 등장하기 때문이다. 배경도 상식을 뛰어넘고 주인공도 정상이 아니다.

하지만 고딕이라는 말이 애당초 그렇게 기괴하고 비상식적인 것을 의미하지는 않았다. 저 유명한 파리의 노트르담대성당, 샤르트르대성당 등은 대표적인 고딕 성당이지만 으스스하기는커녕 아름답고 화려하다.

고딕 양식이란 13~15세기에 북프랑스를 중심으로 유럽에 퍼진 미술양식을 일컫는다. 그 양식의 특징이 어떠한 것인가는 역시 고딕 성당에 잘 나타나 있다. 우선 고딕 성당은 뾰족한 첨탑이 특징이다. 이전의 로마네스크 양식의 성당 지붕이 둥근 돔 형식이었던 것과 또렷이 대비된다. 또한 고딕 성당의 기둥을 좀 자세히 살펴보면 우리는 각각의 기둥들이 나무 모양으로 되어 있음을 알 수 있고 안팎 조각에는 식물이나 인간, 신의 자연스러운 형상이 표현되고 있음을 볼 수 있다. 한마디로 고딕 성당은 자연이 성당 건물로 옮겨 앉은 것이라고 볼 수 있다. 달리 말하면 기독교 신앙이 자연과 결합한 것이 바로 고딕 양식이다.

고딕 예술이란 자연에도 성령이 깃들어 있다는 믿음이 예술로 나타난 것이다. 성령은 저 높은 곳에 군림하고 있는 게 아니라 이 세상 만물 속에 자리 잡고 있다는 믿음이 낳은 것이 바로 고딕 예술이다. 그래서 고딕 성당에는 세속적 아름다움, 화려한 자연의 빛, 색, 형태가 화려하게 표현된다. 그 이전의 엄숙한 수도회인 시토회에서는 엄격하게 금지되었던 세속의 아름다움이 종교에 도입된 것이다.

그렇다면 왜 비합리적이고 초자연적인 존재들이 등장하는 소설을 고딕소설이라고 부르게 되었는가? 유럽은 17세기 고전주의 시대, 18세기 계몽주의 시대를 거쳐 19세기에는 실증주의 시대에 이르게 된다. 간단하게 말한다면 인간의 이성이 승리를 구가하는 발걸음을 해온 것이다. 인간이 이성의 힘으로 이 세상 모든 진실을 다 밝힐 수 있으며 인간 이성의 힘으로 지상에 낙원을 건설할 수도 있다는 믿음을 드러낸 것이 바로 실증주의다. 인간의 이성이 그렇게 큰 힘을 발휘하게 되면서 이른바 비이성적인 것, 신비스러운 것, 초자연적인 것 들은 설 자리를 잃게 된다. 그 설 자리를 잃은 것들을 소설 속에서 살려내서 표현한 것이 바로 고딕소설이라고 보면 된다. 고딕소설은 빛의 이면에 숨어 있는 그림자와 어둠을 보여주는 소설이다. 그 이면에 숨어 있는 신비스러움을 보여주는 소설이다. 그러니 당연히 으스스하다. 중세 고딕 양식에서는 화려하게 꽃을 피웠던 신비스러운 힘이 19세기에 이르러서는 어두운 곳에 숨어 있는 음

습한 존재가 된다. 좀 더 쉽게 이야기하면 문명 뒤에 숨어 있는 야만, 세련된 교양 뒤에 숨어 있는 야성 이런 것들이 특징적으로 나타나는 게 고딕 소설이다.

『폭풍의 언덕』은 그 고딕적인 분위기가 사랑과 결부된 소설이다. 가장 아름답다고 말해야 할 사랑이 바로 그 어두운 악마성과 결합한 소설이다. 소설 속에서 인간적으로 그리고 사회적으로 우리가 지켜야할 가치라고 생각하고 있던 것들은 난도질을 당한다. 소설 속 주인공은 사랑의 이름으로 잔인한 복수를 서슴없이 저지르고 살육을 저지른다.

우리는 그것도 사랑이라고 할 수 있는가? 사랑이 무엇이기에 사랑의 이름으로 그런 잔인한 짓을 저지를 수 있단 말인가? 그런 사랑을 한 히스클리프는 도대체 사람인가, 악마인가?

사실 사랑에도 종류가 많다. 인간적이고 육체적인 사랑을 뜻하는 에로스적인 사랑, 종교적이고 이타적인 사랑을 의미하는 아가페적인 사랑, 순전히 정신적인 순수한 사랑을 의미하는 플라톤 적인 사랑이 아마 우리가 흔히 알고 있는 대표적인 사랑의 종류일 것이다. 하지만 우리는 그런 분류로 만족하지 못하고 사랑이라는 단어 앞에 여러 가지 다른 수식어들을 붙인다.

이루어질 수 없는 사랑, 눈 먼 사랑, 행복한 사랑, 불행한 사랑, 헌신적 사랑, 풋내기 사랑 등 사랑 앞에 붙일 수 있는 수식어는 아주 많다. 그 모두 사랑이라면 다 해볼 만한 사랑이다.

그런데 그 모든 것을 압도하는 또 하나의 사랑이 있다. 바로 미친 사랑이다. 『폭풍의 언덕』의 히스클리프와 캐서린은 바로 그런 미친 사랑을 한 연인이다.

미친다는 건 무엇을 뜻하는가? 상식 밖의 생각과 행동을 한다는 걸 뜻한다. 오로지 자신이 소중히 여기는 것밖에는 중요한 것이 아무것도 없고 눈에 들어오지 않는다는 것을 뜻한다. 미친 사랑을 한다는 것은 그 사랑에 방해가 되는 모든 윤리와 규율과 상식이 눈에 보이지 않는다는 뜻이다. 눈에 보이지 않을 정도가 아니라 모든 것이 그 사랑의 방해물로 여겨진다는 뜻이다. 그 미친 사랑을 불가능하게 만드는 모든 것들에 대한 증오와 복수심을 이글거리게 만드는 사랑이다.

그 사랑은 모든 한계를 뛰어넘는 사랑이다. 심지어 삶과 죽음도 뛰어넘고 천국과 지옥도 뛰어넘는다. 죽어서도 그 사랑은 사라지지 않고 영원하다. 『폭풍의 언덕』에서 캐서린이 유령이 되어 나타나는 것은 그 때문이며 히스클리프가 죽어서도 그녀와 함께 하겠다고 계획하고 그 계획을 실행하는 것도 그 때문이다. 그 둘은 죽어서도 다시 사랑하리라고 독자들에게 믿게 만드는 그런 사랑이다. 우리는 그 둘이 유령이 되어 다시 만나 사랑을 하리라고 믿는다. 그 둘은 죽은 다음 천국에도 가지 않고 지옥에도 가지 않는다. 그 둘은 그 둘만의 사랑을 가능하게 하는 미지의 장소에서 사랑을 나눈다. 정말 지독한 사랑이고 특별한 사랑이다.

그러나 바로 그렇기에 그 사랑은 현실적으로는 불가능한 사랑이기도 하다. 우리는 그런 사랑을 할 수 없다. 그 사랑은 치명적이기 때문이다. 그 사랑은 파멸로 우리를 이끌 것이기 때문이다. 현실적인 파멸을 그대로 받아들이고 그 길을 기꺼이 가는 사람은 없다. 기꺼이 미친 사람의 길을 가는 사람은 없다.

그 사랑은 우리를 유혹하기도 하고 우리를 두렵게 하기도 한다. 왜 그런가? 그런 미친 사랑의 욕망이 우리 속에 숨어 있기 때문이다. 당신은 이 미친 사랑의 이야기를 보고 어떻게 느꼈는가? 거기서 아름다움을 발견했는가? 강렬한 유혹을 느꼈는가? 대리 만족을 느꼈는가? 그렇다면 당신 속에는 아직 야성이 살아 있다.

당신은 혹시 이 소설을 보고 역겨움을 느꼈는가? 이 이야기를 전하는 넬리 딘의 시선대로 히스클리프의 악마성에 전율하고 그를 혐오했는가? 그렇다면 당신은 건전한 상식을 지닌 사람이다. 그 모든 가능성을 열어놓고 읽는 이를 언제나 잊고 있던 새로운 세상, 낯선 세상으로 초대하는 것이 바로 『폭풍의 언덕』이며 바로 그것이 이 소설을 문학사의 걸작으로 남게 만드는 이유이기도 하다.

발표와 동시에 모든 사람들에게 충격을 준 이 작품을 발표한 작가 에밀리 브론테(Emily Brontë, 1818~1848)의 삶은 작품과 달리 그렇게 격정적이지 않다. 그녀는 1818년 영국 잉글랜드 북부 요크셔의 손턴에서 목사인 패트릭 브론테와 마리아 브랜웰 사이에서 여섯 남매 중 다섯째로 태어났다. 그중 셋 째 딸이 『제인 에어』로 영국 문학사에 길이 남은 작품을 쓴 샬럿 브론테(Charlotte Brontë, 1816~1855)다. 아버지는 목사였지만 문학에 조예가 깊었고 아버지의 영향을 받은 남매들을 10대 초반부터 산문과 시로 습작을 한다. 1838년 에밀리는 동생 앤과 함께 북태평양의 곤달이라는 가상의 섬을 무대로 전쟁, 살인, 복수가 꼬리를 물고 이어지는 『곤달 시집』을 출간하는데 문학 연구가들은 이 시집을 『폭풍의 언덕』의 원형으로 간주하기도 한다.

에밀리는 1847년 엘리스 벨이라는 남성의 가명으로 『폭풍의 언덕』을 발표한다. 목사의 딸로서 교사 생활을 잠깐 한 것이

전부인 그녀, 겉보기에 평범하기 그지없어 보이는 그녀가 모든 사람에게 강렬한 충격을 주는 작품, 마치 사람들의 목을 집요하게 물고 늘어지는 사나운 짐승 같은 작품을 내놓은 것이다.

물론 『폭풍의 언덕』이 출간 당시부터 사람들의 관심을 끈 것은 아니다. 사람들의 주목을 끈 것은 같은 해 『폭풍의 언덕』보다 조금 앞서 발표한 언니 샬럿의 『제인 에어』였다. 같은 해에 영국 문학사에 길이 남을 걸작을 자매가 잇따라 발표했다는 것도 놀라운 일이 아닐 수 없다. 어쨌든 『폭풍의 언덕』은 출간 당시 작품 내용이 지나치게 야만적이고 잔인하며 비윤리적이라는 비판을 많이 받았다. 게다가 등장인물들 또한 정상적이라고 볼 수 없다는 점에서 혹평의 대상이 되었다. 하지만 다른 작품에서는 찾아볼 수 없는 독특한 캐릭터와 구성, 모순으로 가득 찬 인간 본성에 대한 깊은 탐구가 돋보이는 작품으로서 이제는 영국 문학을 대표하는 최고의 소설 중 하나라는 평가를 받고 있다.

『폭풍의 언덕』 단 한 권의 작품으로 문학사에 길이 남은 작가가 된 에밀리의 개인적 성격이나 사생활에 대해서는 별로 알려진 바가 없다. 그녀가 그만큼 비사교적이었기 때문이다. 그녀가 부끄러움을 많이 타는 성격이었으며 사람들보다는 자연, 개들과 친하게 지냈다는 것이 알려져 있지만 그런 단편적인 정보들도 그의 언니 샬럿을 통해 알려진 것이지 그녀가 직접 세상에 모습을 드러내서 알게 된 것이 아니다.

그토록 비사교적이며 수줍은 성격의 에밀리로 하여금 그토록 격정적으로 휘몰아치는 『폭풍의 언덕』의 폭풍을 사람들에게 날려 보내게 만든 것은 무엇이었을까? 에밀리는 마치 자신이 직접 그 폭풍을 맞은 듯, 작품을 발표한 이듬해인 1848년 폐결핵에 걸려 30세의 짧은 생을 마감한다.

『폭풍의 언덕』은 지금까지 10여 편이 넘는 영화로 제작되었다. 그중 1939년 윌리엄 와일러 감독이 연출한 영화가 원작을 충실히 재현한 수작으로 호평을 받고 있으며 1992년 영국의 피터 코스민스키가 감독한 영화도 볼만하다는 평가를 받는다. 『폭풍의 언덕』은 영화 이외에도 오페라와 발레로 각색되어 상연되기도 했고 많은 나라에서 만화로 각색되어 출판되는 등 많은 예술 작품에 영감을 주었다.

큰글자 세계문학컬렉션 29

폭풍의 언덕 2

펴낸날	초판 1쇄 2019년 11월 25일

지은이	에밀리 브론테
편 역	진형준
펴낸이	심만수
펴낸곳	(주)살림출판사
출판등록	1989년 11월 1일 제9-210호

주소	경기도 파주시 광인사길 30
전화	031-955-1350 팩스 031-624-1356
홈페이지	http://www.sallimbooks.com
이메일	book@sallimbooks.com

ISBN	978-89-522-4130-6 04800
	978-89-522-4101-6 04800 (세트)

※ 값은 뒤표지에 있습니다.
※ 잘못 만들어진 책은 구입하신 서점에서 바꾸어 드립니다.

이 도서의 국립중앙도서관 출판시도서목록(CIP)은 서지정보유통지원시스템 홈페이지
(http://seoji.nl.go.kr)와 국가자료공동목록시스템(http://www.nl.go.kr/kolisnet)에서
이용하실 수 있습니다.(CIP제어번호: CIP2019047239)